全注全译

王楠楠 注译

世说新语品读【第一卷】

中州古籍出版社
中原出版传媒集团
中原传媒股份有限公司

图书在版编目（CIP）数据

世说新语品读/王楠楠注译.--郑州：中州古籍出版社，2018.6
ISBN 978-7-5348-7402-4

Ⅰ.①世… Ⅱ.①王… Ⅲ.①笔记小说—中国—南朝时代②《世说新语》—注释③《世说新语》—译文 Ⅳ.①I242.1

中国版本图书馆 CIP 数据核字（2017）第 260417 号

出　版	中州古籍出版社
	地址：河南省郑州市经五路66号
	邮编：450002
	电话：0371-65788693
经　销	新华书店
印　刷	北京洲际印刷有限责任公司
版　次	2018年6月第1版
印　次	2018年6月第1次印刷
开　本	880mm×1230mm　1/32
印　张	32印张
定　价	169.00元

目　录

（第一册）

德行第一 …………… 1	二〇 …………… 20
一 …………… 2	二一 …………… 20
二 …………… 4	二二 …………… 21
三 …………… 4	二三 …………… 22
四 …………… 5	二四 …………… 23
五 …………… 6	二五 …………… 24
六 …………… 7	二六 …………… 25
七 …………… 8	二七 …………… 26
八 …………… 9	二八 …………… 27
九 …………… 10	二九 …………… 28
一〇 …………… 11	三〇 …………… 29
一一 …………… 12	三一 …………… 30
一二 …………… 13	三二 …………… 31
一三 …………… 13	三三 …………… 32
一四 …………… 14	三四 …………… 33
一五 …………… 15	三五 …………… 33
一六 …………… 16	三六 …………… 34
一七 …………… 17	三七 …………… 35
一八 …………… 18	三八 …………… 36
一九 …………… 19	三九 …………… 37

四〇 …… 38	二二 …… 73
四一 …… 39	二三 …… 75
四二 …… 41	二四 …… 77
四三 …… 42	二五 …… 78
四四 …… 43	二六 …… 79
四五 …… 45	二七 …… 80
四六 …… 46	二八 …… 80
四七 …… 47	二九 …… 81
言语第二 …… 49	三〇 …… 82
一 …… 50	三一 …… 83
二 …… 52	三二 …… 84
三 …… 52	三三 …… 85
四 …… 54	三四 …… 86
五 …… 55	三五 …… 87
六 …… 56	三六 …… 89
七 …… 57	三七 …… 90
八 …… 59	三八 …… 91
九 …… 60	三九 …… 92
一〇 …… 62	四〇 …… 93
一一 …… 63	四一 …… 94
一二 …… 64	四二 …… 94
一三 …… 65	四三 …… 95
一四 …… 66	四四 …… 96
一五 …… 67	四五 …… 97
一六 …… 68	四六 …… 98
一七 …… 69	四七 …… 99
一八 …… 70	四八 …… 100
一九 …… 71	四九 …… 100
二〇 …… 72	五〇 …… 101
二一 …… 73	五一 …… 102

五二 …… 103	八二 …… 129
五三 …… 104	八三 …… 130
五四 …… 105	八四 …… 131
五五 …… 106	八五 …… 132
五六 …… 107	八六 …… 133
五七 …… 108	八七 …… 134
五八 …… 108	八八 …… 134
五九 …… 109	八九 …… 135
六〇 …… 111	九〇 …… 136
六一 …… 111	九一 …… 137
六二 …… 112	九二 …… 137
六三 …… 113	九三 …… 138
六四 …… 114	九四 …… 139
六五 …… 115	九五 …… 140
六六 …… 116	九六 …… 141
六七 …… 116	九七 …… 142
六八 …… 117	九八 …… 143
六九 …… 118	九九 …… 143
七〇 …… 119	一〇〇 …… 145
七一 …… 120	一〇一 …… 146
七二 …… 121	一〇二 …… 147
七三 …… 122	一〇三 …… 148
七四 …… 123	一〇四 …… 149
七五 …… 124	一〇五 …… 150
七六 …… 124	一〇六 …… 150
七七 …… 125	一〇七 …… 151
七八 …… 126	一〇八 …… 152
七九 …… 127	政事第三 …… 154
八〇 …… 128	一 …… 155
八一 …… 129	二 …… 156

三	……	156	六 ……	185
四	……	158	七 ……	186
五	……	159	八 ……	187
六	……	160	九 ……	188
七	……	161	一〇 ……	189
八	……	162	一一 ……	189
九	……	163	一二 ……	190
一〇	……	163	一三 ……	191
一一	……	164	一四 ……	192
一二	……	165	一五 ……	193
一三	……	166	一六 ……	194
一四	……	167	一七 ……	195
一五	……	168	一八 ……	196
一六	……	169	一九 ……	197
一七	……	170	二〇 ……	198
一八	……	171	二一 ……	199
一九	……	172	二二 ……	200
二〇	……	173	二三 ……	201
二一	……	174	二四 ……	202
二二	……	174	二五 ……	203
二三	……	175	二六 ……	204
二四	……	176	二七 ……	204
二五	……	177	二八 ……	205
二六	……	178	二九 ……	206
文学第四	……	179	三〇 ……	206
一	……	180	三一 ……	207
二	……	181	三二 ……	209
三	……	182	三三 ……	210
四	……	183	三四 ……	210
五	……	184	三五 ……	211

三六 …… 212	四九 …… 223
三七 …… 213	五〇 …… 224
三八 …… 214	五一 …… 225
三九 …… 215	五二 …… 226
四〇 …… 216	五三 …… 227
四一 …… 217	五四 …… 229
四二 …… 217	五五 …… 229
四三 …… 218	五六 …… 231
四四 …… 219	五七 …… 232
四五 …… 220	五八 …… 233
四六 …… 221	五九 …… 233
四七 …… 222	六〇 …… 234
四八 …… 223	

(第二册)

六一 …… 235	七六 …… 247
六二 …… 235	七七 …… 248
六三 …… 236	七八 …… 249
六四 …… 237	七九 …… 249
六五 …… 238	八〇 …… 250
六六 …… 239	八一 …… 251
六七 …… 240	八二 …… 252
六八 …… 241	八三 …… 252
六九 …… 242	八四 …… 253
七〇 …… 243	八五 …… 254
七一 …… 244	八六 …… 254
七二 …… 244	八七 …… 255
七三 …… 245	八八 …… 256
七四 …… 246	八九 …… 257
七五 …… 246	九〇 …… 257

九一	258	一六	287
九二	259	一七	288
九三	260	一八	290
九四	260	一九	291
九五	261	二〇	292
九六	262	二一	293
九七	263	二二	293
九八	264	二三	294
九九	264	二四	295
一〇〇	265	二五	296
一〇一	266	二六	298
一〇二	266	二七	299
一〇三	267	二八	300
一〇四	268	二九	300

方正第五 ……… 270

一	271	三〇	301
二	272	三一	302
三	274	三二	303
四	275	三三	304
五	276	三四	305
六	278	三五	306
七	279	三六	307
八	280	三七	309
九	280	三八	310
一〇	281	三九	311
一一	282	四〇	312
一二	283	四一	312
一三	285	四二	313
一四	285	四三	314
一五	286	四四	315
		四五	316

四六 …… 316	九 …… 341
四七 …… 317	一〇 …… 342
四八 …… 318	一一 …… 343
四九 …… 319	一二 …… 344
五〇 …… 319	一三 …… 345
五一 …… 320	一四 …… 346
五二 …… 321	一五 …… 347
五三 …… 322	一六 …… 348
五四 …… 323	一七 …… 349
五五 …… 323	一八 …… 350
五六 …… 324	一九 …… 352
五七 …… 324	二〇 …… 353
五八 …… 325	二一 …… 354
五九 …… 326	二二 …… 354
六〇 …… 327	二三 …… 355
六一 …… 328	二四 …… 356
六二 …… 329	二五 …… 357
六三 …… 330	二六 …… 358
六四 …… 331	二七 …… 359
六五 …… 331	二八 …… 360
六六 …… 332	二九 …… 361
雅量第六 …… 334	三〇 …… 362
一 …… 335	三一 …… 363
二 …… 336	三二 …… 364
三 …… 337	三三 …… 365
四 …… 338	三四 …… 366
五 …… 338	三五 …… 366
六 …… 339	三六 …… 367
七 …… 340	三七 …… 368
八 …… 340	三八 …… 369

三九 …… 370	二六 …… 398
四〇 …… 371	二七 …… 399
四一 …… 372	二八 …… 400
四二 …… 373	**赏誉第八** …… 402
识鉴第七 …… 375	一 …… 403
一 …… 376	二 …… 404
二 …… 376	三 …… 404
三 …… 377	四 …… 405
四 …… 379	五 …… 406
五 …… 380	六 …… 407
六 …… 381	七 …… 407
七 …… 382	八 …… 408
八 …… 383	九 …… 409
九 …… 383	一〇 …… 410
一〇 …… 384	一一 …… 410
一一 …… 385	一二 …… 411
一二 …… 385	一三 …… 412
一三 …… 386	一四 …… 412
一四 …… 387	一五 …… 413
一五 …… 388	一六 …… 413
一六 …… 390	一七 …… 414
一七 …… 391	一八 …… 416
一八 …… 391	一九 …… 417
一九 …… 392	二〇 …… 417
二〇 …… 393	二一 …… 419
二一 …… 394	二二 …… 420
二二 …… 394	二三 …… 421
二三 …… 396	二四 …… 422
二四 …… 397	二五 …… 423
二五 …… 397	二六 …… 423

二七	…… 424		五七	…… 443
二八	…… 424		五八	…… 444
二九	…… 425		五九	…… 445
三〇	…… 426		六〇	…… 446
三一	…… 427		六一	…… 446
三二	…… 427		六二	…… 447
三三	…… 428		六三	…… 448
三四	…… 429		六四	…… 448
三五	…… 430		六五	…… 449
三六	…… 430		六六	…… 450
三七	…… 431		六七	…… 450
三八	…… 432		六八	…… 451
三九	…… 432		六九	…… 452
四〇	…… 433		七〇	…… 453
四一	…… 434		七一	…… 453
四二	…… 434		七二	…… 454
四三	…… 435		七三	…… 454
四四	…… 435		七四	…… 455
四五	…… 436		七五	…… 456
四六	…… 436		七六	…… 456
四七	…… 437		七七	…… 457
四八	…… 438		七八	…… 458
四九	…… 439		七九	…… 459
五〇	…… 439		八〇	…… 459
五一	…… 440		八一	…… 460
五二	…… 440		八二	…… 460
五三	…… 441		八三	…… 461
五四	…… 442		八四	…… 462
五五	…… 442		八五	…… 462
五六	…… 443		八六	…… 463

八七 …………… 464	一〇八 …………… 476
八八 …………… 464	一〇九 …………… 477
八九 …………… 465	一一〇 …………… 477
九〇 …………… 466	一一一 …………… 478
九一 …………… 466	一一二 …………… 479
九二 …………… 467	一一三 …………… 480
九三 …………… 468	一一四 …………… 480
九四 …………… 468	一一五 …………… 481
九五 …………… 469	一一六 …………… 482
九六 …………… 469	一一七 …………… 482
九七 …………… 470	一一八 …………… 483
九八 …………… 470	一一九 …………… 483
九九 …………… 471	一二〇 …………… 484
一〇〇 …………… 472	一二一 …………… 484
一〇一 …………… 472	一二二 …………… 485
一〇二 …………… 473	一二三 …………… 485
一〇三 …………… 474	一二四 …………… 486
一〇四 …………… 474	一二五 …………… 486
一〇五 …………… 475	一二六 …………… 487
一〇六 …………… 475	一二七 …………… 487
一〇七 …………… 476	一二八 …………… 488

(第三册)

一二九 …………… 489	一三六 …………… 493
一三〇 …………… 489	一三七 …………… 493
一三一 …………… 490	一三八 …………… 494
一三二 …………… 490	一三九 …………… 494
一三三 …………… 491	一四〇 …………… 495
一三四 …………… 491	一四一 …………… 496
一三五 …………… 492	一四二 …………… 496

一四三 …… 497	一六 …… 521
一四四 …… 497	一七 …… 521
一四五 …… 498	一八 …… 522
一四六 …… 499	一九 …… 523
一四七 …… 500	二〇 …… 523
一四八 …… 501	二一 …… 524
一四九 …… 501	二二 …… 525
一五〇 …… 502	二三 …… 525
一五一 …… 503	二四 …… 526
一五二 …… 503	二五 …… 527
一五三 …… 505	二六 …… 527
一五四 …… 506	二七 …… 528
一五五 …… 506	二八 …… 529
一五六 …… 507	二九 …… 529
品藻第九 …… 508	三〇 …… 530
一 …… 509	三一 …… 531
二 …… 510	三二 …… 531
三 …… 511	三三 …… 532
四 …… 512	三四 …… 533
五 …… 512	三五 …… 533
六 …… 513	三六 …… 534
七 …… 514	三七 …… 536
八 …… 515	三八 …… 536
九 …… 516	三九 …… 537
一〇 …… 516	四〇 …… 537
一一 …… 517	四一 …… 538
一二 …… 518	四二 …… 539
一三 …… 518	四三 …… 540
一四 …… 519	四四 …… 540
一五 …… 520	四五 …… 541

四六	…… 541		七六	…… 561
四七	…… 543		七七	…… 562
四八	…… 543		七八	…… 563
四九	…… 544		七九	…… 564
五〇	…… 545		八〇	…… 565
五一	…… 545		八一	…… 565
五二	…… 546		八二	…… 566
五三	…… 546		八三	…… 567
五四	…… 547		八四	…… 568
五五	…… 548		八五	…… 568
五六	…… 549		八六	…… 569
五七	…… 549		八七	…… 570
五八	…… 550		八八	…… 571
五九	…… 550		**规箴第十**	…… 572
六〇	…… 551		一	…… 573
六一	…… 552		二	…… 574
六二	…… 552		三	…… 575
六三	…… 553		四	…… 576
六四	…… 554		五	…… 577
六五	…… 554		六	…… 578
六六	…… 555		七	…… 579
六七	…… 555		八	…… 580
六八	…… 556		九	…… 581
六九	…… 557		一〇	…… 582
七〇	…… 558		一一	…… 583
七一	…… 558		一二	…… 583
七二	…… 559		一三	…… 585
七三	…… 559		一四	…… 586
七四	…… 560		一五	…… 588
七五	…… 561		一六	…… 589

一七 …………………… 590
　一八 …………………… 591
　一九 …………………… 591
　二〇 …………………… 592
　二一 …………………… 593
　二二 …………………… 594
　二三 …………………… 594
　二四 …………………… 596
　二五 …………………… 597
　二六 …………………… 598
　二七 …………………… 599
捷悟第十一 …………………… 601
　一 …………………… 601
　二 …………………… 602
　三 …………………… 603
　四 …………………… 604
　五 …………………… 605
　六 …………………… 606
　七 …………………… 608
夙惠第十二 …………………… 609
　一 …………………… 609
　二 …………………… 610
　三 …………………… 611
　四 …………………… 612
　五 …………………… 613
　六 …………………… 614
　七 …………………… 615
豪爽第十三 …………………… 616
　一 …………………… 616
　二 …………………… 617

　三 …………………… 618
　四 …………………… 618
　五 …………………… 619
　六 …………………… 620
　七 …………………… 621
　八 …………………… 622
　九 …………………… 623
　一〇 …………………… 624
　一一 …………………… 625
　一二 …………………… 626
　一三 …………………… 627
容止第十四 …………………… 628
　一 …………………… 629
　二 …………………… 630
　三 …………………… 630
　四 …………………… 631
　五 …………………… 632
　六 …………………… 633
　七 …………………… 633
　八 …………………… 634
　九 …………………… 634
　一〇 …………………… 635
　一一 …………………… 636
　一二 …………………… 636
　一三 …………………… 637
　一四 …………………… 637
　一五 …………………… 638
　一六 …………………… 639
　一七 …………………… 639
　一八 …………………… 640

一九 …… 640	六 …… 664
二〇 …… 641	**伤逝第十七** …… 665
二一 …… 642	一 …… 665
二二 …… 642	二 …… 666
二三 …… 643	三 …… 667
二四 …… 644	四 …… 668
二五 …… 646	五 …… 668
二六 …… 646	六 …… 669
二七 …… 647	七 …… 670
二八 …… 648	八 …… 671
二九 …… 648	九 …… 671
三〇 …… 649	一〇 …… 672
三一 …… 649	一一 …… 673
三二 …… 650	一二 …… 674
三三 …… 651	一三 …… 674
三四 …… 651	一四 …… 675
三五 …… 652	一五 …… 676
三六 …… 653	一六 …… 677
三七 …… 653	一七 …… 677
三八 …… 654	一八 …… 678
三九 …… 655	一九 …… 679
自新第十五 …… 656	**栖逸第十八** …… 680
一 …… 656	一 …… 680
二 …… 658	二 …… 682
企羡第十六 …… 660	三 …… 682
一 …… 660	四 …… 683
二 …… 661	五 …… 684
三 …… 662	六 …… 684
四 …… 662	七 …… 685
五 …… 663	八 …… 686

九	687
一〇	688
一一	689
一二	690
一三	691
一四	692
一五	692
一六	693
一七	694

贤媛第十九 695

一	696
二	697
三	698
四	699
五	700
六	700
七	702
八	703
九	704
一〇	705
一一	706
一二	707
一三	708
一四	709
一五	710
一六	711
一七	712
一八	713
一九	714
二〇	716
二一	716
二二	717
二三	718
二四	719
二五	719
二六	720
二七	721
二八	722
二九	723
三〇	723
三一	724
三二	725

术解第二十 727

一	727
二	729
三	729
四	730
五	731
六	731
七	732
八	733
九	734
一〇	735
一一	736

巧艺第二十一 738

一	738
二	739
三	740
四	741
五	742

(第四册)

六 …………… 743	一二 …………… 766
七 …………… 743	一三 …………… 767
八 …………… 744	一四 …………… 767
九 …………… 745	一五 …………… 768
一〇 …………… 745	一六 …………… 769
一一 …………… 746	一七 …………… 770
一二 …………… 747	一八 …………… 771
一三 …………… 747	一九 …………… 771
一四 …………… 748	二〇 …………… 772

宠礼第二十二 …………… 750

一 …………… 750	二一 …………… 773
二 …………… 751	二二 …………… 774
三 …………… 752	二三 …………… 775
四 …………… 752	二四 …………… 776
五 …………… 753	二五 …………… 777
六 …………… 754	二六 …………… 777

任诞第二十三 …………… 756

一 …………… 757	二七 …………… 778
二 …………… 758	二八 …………… 779
三 …………… 759	二九 …………… 780
四 …………… 760	三〇 …………… 780
五 …………… 761	三一 …………… 782
六 …………… 762	三二 …………… 782
七 …………… 762	三三 …………… 783
八 …………… 763	三四 …………… 784
九 …………… 763	三五 …………… 786
一〇 …………… 764	三六 …………… 786
一一 …………… 765	三七 …………… 787
	三八 …………… 787
	三九 …………… 789

四〇 ……	789
四一 ……	790
四二 ……	792
四三 ……	793
四四 ……	793
四五 ……	794
四六 ……	795
四七 ……	795
四八 ……	796
四九 ……	797
五〇 ……	798
五一 ……	799
五二 ……	799
五三 ……	800
五四 ……	801

简傲第二十四 …… 802

一 ……	803
二 ……	803
三 ……	804
四 ……	805
五 ……	806
六 ……	807
七 ……	808
八 ……	808
九 ……	810
一〇 ……	810
一一 ……	811
一二 ……	812
一三 ……	814
一四 ……	814

一五 ……	816
一六 ……	817
一七 ……	817

排调第二十五 …… 819

一 ……	820
二 ……	821
三 ……	823
四 ……	824
五 ……	824
六 ……	825
七 ……	826
八 ……	827
九 ……	828
一〇 ……	829
一一 ……	830
一二 ……	831
一三 ……	832
一四 ……	832
一五 ……	833
一六 ……	834
一七 ……	835
一八 ……	836
一九 ……	836
二〇 ……	837
二一 ……	838
二二 ……	838
二三 ……	839
二四 ……	840
二五 ……	840
二六 ……	841

二七	842		五七	866
二八	843		五八	867
二九	844		五九	868
三〇	844		六〇	868
三一	845		六一	869
三二	846		六二	871
三三	847		六三	872
三四	848		六四	873
三五	848		六五	873
三六	849		**轻诋第二十六**	875
三七	850		一	876
三八	851		二	876
三九	852		三	877
四〇	853		四	878
四一	853		五	878
四二	854		六	879
四三	855		七	880
四四	856		八	881
四五	857		九	882
四六	858		一〇	883
四七	858		一一	883
四八	859		一二	885
四九	860		一三	886
五〇	861		一四	887
五一	861		一五	887
五二	862		一六	888
五三	863		一七	889
五四	864		一八	890
五五	865		一九	890
五六	865		二〇	891

二一 ……………… 892	二 ……………… 918
二二 ……………… 893	三 ……………… 919
二三 ……………… 893	四 ……………… 919
二四 ……………… 894	五 ……………… 920
二五 ……………… 895	六 ……………… 921
二六 ……………… 896	七 ……………… 921
二七 ……………… 896	八 ……………… 923
二八 ……………… 897	九 ……………… 924
二九 ……………… 898	**俭啬第二十九** …… 925
三〇 ……………… 899	一 ……………… 925
三一 ……………… 899	二 ……………… 926
三二 ……………… 900	三 ……………… 927
三三 ……………… 901	四 ……………… 927
假谲第二十七 …… 902	五 ……………… 928
一 ……………… 902	六 ……………… 928
二 ……………… 903	七 ……………… 929
三 ……………… 904	八 ……………… 930
四 ……………… 905	九 ……………… 930
五 ……………… 906	**汰侈第三十** ……… 932
六 ……………… 906	一 ……………… 932
七 ……………… 908	二 ……………… 933
八 ……………… 909	三 ……………… 934
九 ……………… 910	四 ……………… 935
一〇 ……………… 911	五 ……………… 936
一一 ……………… 913	六 ……………… 938
一二 ……………… 914	七 ……………… 939
一三 ……………… 915	八 ……………… 939
一四 ……………… 916	九 ……………… 940
黜免第二十八 …… 917	一〇 ……………… 941
一 ……………… 917	一一 ……………… 942

一二	943
忿狷第三十一	944
一	944
二	945
三	946
四	947
五	948
六	948
七	949
八	950
谗险第三十二	952
一	952
二	953
三	954
四	955
尤悔第三十三	957
一	957
二	958
三	959
四	960
五	961
六	961
七	963
八	964
九	965
一〇	965
一一	966
一二	967
一三	968
一四	969
一五	970
一六	970
一七	971
纰漏第三十四	973
一	973
二	974
三	975
四	976
五	977
六	978
七	979
八	980
惑溺第三十五	981
一	981
二	982
三	983
四	984
五	985
六	986
七	987
仇隙第三十六	988
一	988
二	990
三	991
四	992
五	993
六	994
七	995
八	996

德行第一

【题解】

德行指是道德和品行。本篇所讲的是当时社会士族阶层认为值得学习的、可以作为准则和规范的言语行动。涉及面很广，可以从不同的方面、不同的角度反映出当时的道德观念，内容丰富。

所谓的忠和孝，指的是效忠君主和尊顺、侍奉父母。忠和孝自古就是立身行事的基本准则，本书必然加以重视。所以，宁死不投降，为旧主殉节得到颂扬。孝行是巩固家庭的基础，这里有好几则文字从多方面宣扬了孝行，甚至说它的感染力无穷，不但能感动冥顽不灵者，还能惊天地泣鬼神，于冥冥之中善有善报，让孝子得到"纯孝之报"。书中还点明孝顺和其他美德是相辅相成的。例如范宣小时候懂得孝敬，长大后"洁行廉约"，操守可嘉。孝顺又和敬老尊贤密不可分。敬老也是古人赞赏的美德，如谢安小时借老的故事；至于尊贤，在好几则里都曾涉及。

本篇还强调了自身修养的重要性。不能自命不凡，要处处谦虚谨慎；应该心平气和，喜怒不形于色；不怕犯错误，知过必改才是有德；生活要俭朴，不能暴殄天物，连掉落的饭粒也要捡起来吃；为官要清廉，不能汲汲于名利；保持情操高洁，追求高尚的事业，以发扬名教为己任。在人际关系上，提倡慎于待人接物，与人为善，不轻易褒贬人物；要重人轻物，仗义疏财，以至重义轻生；还有知恩必报，有福同享、有难同当等等。这多是值得肯定的。其中一些主张跟封建王朝的黑暗统治分不开。比如阮籍"未尝臧否人物"，嵇康是"未尝见其喜愠之色"。这都透露出当时司马氏统治的阴森恐怖。

每个时代所特有的道德观念，决定着人们的言行，支配着人们对人、对物、对事的取舍。例如人们认为隐士是清高的，并不把归隐看成逃避现实的表现，所以隐士也成了高洁的名士而受到尊敬。又如强调做人要旷达，气量恢宏，兼容并包，如"万顷之陂"，虽深不可测，也同样受人尊敬。

另外，一些不符合礼制的做法也在反对之列，反对这类做法，也正是维护道德的表现。例如反对不符合礼制、没有节制的祭祀，认为离婚是一种过错，反对放荡不羁，等等。

也有一些条目所涉内容跟德行没有多少联系。例如记载各用不同方法治家而殊途同归、赎出刑徒用为官吏等等。

道德品行是为适应社会和统治阶级的要求而产生的，必将随着社会的发展而有所改变。五四运动就已经提出"反对旧道德，提倡新道德"的口号，今天更容易明白，不能以古人的褒贬为褒贬。当然，在反对某些陈腐道德的同时，也必须承认历史上某些正确的道德观念及优良的道德传统，还是值得继承和发扬的。

一

【原文】

陈仲举①言为士则，行为世范。登车揽辔②，有澄清天下之志。为豫章太守③，至，便问徐孺子④所在，欲先看之。主簿⑤白⑥:"群情欲府君⑦先入廨⑧。"陈曰:"武王式商容之闾⑨,席不暇暖。吾之礼贤,有何不可!"

【注释】

①陈仲举:名蕃,字仲举,东汉桓帝时,任太尉。当时宦官专权,他与大将军窦武谋诛宦官,未成,反被害。

②登车揽辔:坐上车子,拿起缰绳。这里指走马上任。揽,拿住。辔,驾驭牲口用的嚼子和缰绳。

③豫章:豫章郡,郡的首府在南昌(今江西省南昌市)。太守:郡的行政长官。

④徐孺子:名稺,字孺子,东汉豫章南昌人,是当时的名士、隐士。

⑤主簿:官名,主管文书簿籍,是属官之首。

⑥白:陈述,禀报。

⑦府君:对太守的称呼。太守办公的地方称府,所以称太守为府君。

⑧廨(xiè):官署,衙门。

⑨式商容之闾:登门拜访商容。式,车上跽曰式,表示敬意。跽就是长跪,挺直上身两膝着地。商容,商纣时的大夫,老子的老师,当时被认为是贤人。闾,里巷。

【译文】

陈仲举的言论和行为被读书人视为准则,也是世人的模范。初次为官的他,就立志要刷新国家政治。他在出任豫章太守时,一到郡,就打听徐孺子的住处,想先去拜访他。主簿禀报说:"大家的意思是希望府君先进官署视事。"陈仲举说:"周武王刚战胜殷,就登门拜访商容表示敬意,当时连休息也顾不上。我尊敬贤人,不先进官署,又有什么不可以呢!"

二

【原文】

周子居①常云:"吾时月②不见黄叔度③,则鄙吝之心已复生矣!"

【注释】

①周子居:名乘,字子居,东汉时人。为人正直,不畏强暴,陈仲举曾赞他为"治国之器"。
②时月:时日。
③黄叔度:名宪,字叔度,出身贫寒,有德行,得到时人赞誉。

【译文】

周子居常说:"我只要一段时间不去见黄叔度,庸俗贪婪的想法就又滋长起来了!"

三

【原文】

郭林宗①至汝南,造袁奉高②,车不停轨,鸾不辍轭③;诣黄叔度,乃弥日信宿④。人问其故,林宗曰:"叔度汪汪⑤如万顷之陂⑥,澄之不清,扰之不浊,其器⑦深广,难测量也。"

【注释】

①郭林宗：名泰，字林宗，东汉人，博学有德，为时人所重。

②造：到……去，造访。袁奉高：名阆（làng），字奉高，和黄叔度同为汝南郡慎阳人，多次辞谢官府任命，也很有名望。曾为汝南郡功曹，后为太尉属官。郭泰说他的才德像小水，虽清，却容易舀起来。

③"车不"二句："车不停轨""鸾不辍轭"同义，指车子不停留，这里形容下车时间短暂。轨，车轴的两头，这里指车轮。鸾，装饰在车上的铃铛，这里指车子。轭，架在牲口脖子上的曲木。

④弥日：终日，整天。信宿：连宿两夜。

⑤汪汪：形容水又宽又深。

⑥陂（bēi）：湖泊。

⑦器：气量。

【译文】

郭林宗到了汝南郡，去拜访袁奉高时，小坐一会儿就走了；去拜访黄叔度时，却留宿一两天。旁人问他是什么原因，他说："叔度好比万顷的湖泊那样宽阔、深邃，不可能澄清，也不可能搅浑，他的气量又深又广，是很难测量的呀！"

四

【原文】

李元礼①风格秀整②，高自标持③，欲以天下名教④是非为己任。后进之士，有升其堂⑤者，皆以为登龙门⑥。

【注释】

①李元礼：名膺，字元礼，东汉人，曾任司隶校尉。当时朝廷纲纪废弛，他却独持法度，以声名自高。后谋诛宦官未成，被杀。

②风格秀整：风度出众，品性端庄。

③高自标持：自视甚高。

④名教：以儒家所主张的正名定分为准则的礼教。

⑤升其堂：登上他的厅堂，指有机会接受教诲。

⑥龙门：在今山西省河津市西北和陕西韩城市东北，那里水位落差很大，传说龟鱼不能逆水而上，有能游上去的，就会变成龙。

【译文】

李元礼风度出众，品性端庄，自视甚高，他想把在全国推行儒家礼教、辨明是非看成自己的责任。后辈读书人，有能得到他教诲的，都自以为登上了龙门。

五

【原文】

李元礼尝叹荀淑①、钟皓曰："荀君清识难尚②，钟君至德可师。"

【注释】

①荀淑：字季和，东汉颍川郡人，曾任朗陵侯相（所以下面第六则中又叫荀朗陵）。他和钟皓（字季明）两人都以清高有德名重当时。

②尚：超过。

【译文】

李元礼曾经赞叹荀淑和钟皓两人说："荀君识见高明，一般人很难超越他；钟君具有最美好的德行，却是可以学习的。"

六

【原文】

陈太丘诣荀朗陵，贫俭无仆役。乃使元方将车，季方持杖后从①。长文尚小，载著车中。既至，荀使叔慈应门，慈明行酒，余六龙下食②。文若亦小，坐著膝前③。于时太史④奏："真人东行⑤。"

【注释】

①陈太丘：名寔，字仲弓，曾任太丘县长，所以称陈太丘。古代常以官名称人。元方、季方：都是陈寔的儿子，元方是长子，名纪，字元方。季方是少子，名谌，字季方。父子三人才德兼备，知名于时。下句的长文是陈寔的孙子陈群。

②叔慈、慈明、六龙：荀淑有八个儿子，号称八龙。叔慈、慈明是他两个儿子的名字，其余六人就是这里所说的六龙了。下句的文若是荀淑的孙子荀彧。应门：照管门户，指开门迎送宾客等事，这里指迎接。下食：上菜。

③膝前：膝上。"前"是泛向性的，没有确定的方位意义。

④太史：官名，主要掌管天文历法。

⑤真人：修真得道的人，此指德行最为高洁的人。关于"真人东行"一语，余嘉锡以为："此盖好事者为之，本无可信之理。据《汉杂事》所载，殆时人钦重太丘名德，造作此言，与荀氏无与焉。"（见《世说新语笺疏》第8页）

【译文】

太丘县的县长陈寔去拜访朗陵侯相荀淑，因为家贫、俭朴，没有仆役侍候，就让长子元方驾车送他，少子季方拿着手杖跟在车后。孙子长文年纪还小，就坐在车上。到了荀家，荀淑让叔慈迎接客人，让慈明劝酒，其余六个儿子负责上菜。孙子文若也还小，就坐在荀淑膝上。这时候太史启奏朝廷说："有真人往东去了。"

七

【原文】

客有问陈季方："足下家君太丘，有何功德而荷天下重名①？"季方曰："吾家君譬如桂树生泰山之阿②，上有万仞③之高，下有不测之深；上为甘露所沾，下为渊泉所润。当斯之时，桂树焉知泰山之高，渊泉④之深。不知有功德与无也！"

【注释】

①家君：父亲。对别人称自己的父亲，谦称。荷（hè）：担当，承受。

②阿（ē）：山的拐角儿。
③仞（rèn）：长度单位，古时七尺或八尺叫作一仞。
④渊泉：深泉。

【译文】

有人问陈季方："令尊太丘长有哪些功勋和品德，因而在天下享有崇高的声望？"季方说："我父亲好比生长在泰山一角的桂树：上有万丈高峰，下有莫测的深渊；上受雨露浇灌，下受深泉滋润。在这种情况下，桂树怎么知道泰山有多高，深泉有多深呢，不知道有没有功德啊！"

八

【原文】

陈元方子长文有英才，与季方子孝先，各论其父功德，争之不能决。咨①于太丘，太丘曰："元方难为兄，季方难为弟②。"

【注释】

①咨：询问。
②"元方"二句：指两人论排行有长幼之别，论功德就难分高下。按：这两句不会是陈寔的原话，因为父亲不会称呼儿子的字。

【译文】

陈元方的儿子长文，具有杰出的才能，他和陈季方的儿子陈孝先各自夸耀自己父亲的事业和品德,两人争执不下,便去问祖父太丘长陈寔。陈寔说:"元方很难当哥哥,季方也很难当弟弟。"

九

【原文】

荀巨伯①远看友人疾,值胡②贼攻郡,友人语巨伯曰:"吾今死矣,子③可去。"巨伯曰:"远来相视,子令吾去,败义以求生,岂荀巨伯所行邪?"贼既至,谓巨伯曰:"大军至,一郡尽空,汝何男子,而敢独止?"巨伯曰:"友人有疾,不忍委之,宁以我身代友人命。"贼相谓曰:"我辈无义之人,而入有义之国!"遂班军④而还,一郡并获全。

【注释】

①荀巨伯:东汉人,因重视友谊而闻名。
②胡:古时西方、北方各少数民族统称胡。
③子:对对方的尊称,相当于"您"。
④班军:出征的军队调回去。

【译文】

荀巨伯要去远处探望生病的朋友,恰巧碰上外族强盗攻打郡城,生病的朋友对巨伯说:"我这下活不成了,您快走吧!"巨伯说:"我远道来看您,您却叫我走,损害道义来求活命,这难道是我荀巨伯干的事吗?"强盗进了郡城,对巨伯说:"大军到了,全城的人都跑光了,你是什么样的男子汉,竟敢一个人留下来?"巨伯说:"朋友有病,我不忍心扔下他,宁愿我自己代朋友去死。"强盗听了互相议论说:"我们这些不讲道义的人,却侵入有道义的国家!"于是就把军队撤回去了,全城也因此得以保全。

一〇

【原文】

华歆①遇子弟甚整,虽闲室②之内,严若朝典③;陈元方兄弟恣柔爱④之道。而二门⑤之里,两不失雍熙之轨⑥焉。

【注释】

①华歆:字子鱼,汉桓帝时为尚书令,入魏后官至太尉。同邴原、管宁一起在外求学,三人很友好。当时人们称他们三人为"一龙",说华歆是龙头,管宁是龙腹,邴原是龙尾。

②闲室:静室,这里指家庭。

③朝典:朝廷的礼仪。

④恣:任凭。柔爱:和睦,友爱。

⑤二门:两家。

⑥雍熙:和乐。轨:法则,准则。

【译文】

华歆对待子弟们很严肃,虽然是在家里,礼仪也像在朝廷之上那样庄敬严肃;陈元方兄弟却是尽量实行和睦友爱的办法。但是两个家庭内部,都没有失掉和睦安乐的治家准则。

【原文】

管宁、华歆共园中锄菜,见地有片金,管挥锄与瓦石不异,华捉而掷去之①。又尝同席②读书,有乘轩冕③过门者,宁读如故,歆废④书出看。宁割席分坐,曰:"子非吾友也。"

【注释】

①捉:握,拿。掷:扔,抛。
②席:座席,是古人的坐具。
③轩冕:大夫以上的贵族坐的车和戴的礼帽。宁、歆:上文称管,这里称宁,同指管宁;上文称华,这里称歆,同指华歆。古文惯例,人名已见于上文时,就可以单称姓或名。
④废:放弃,放下。

【译文】

管宁和华歆一起在菜园里刨地种菜,看见地上有一小片金子,管宁并没有理会,举锄锄去,跟锄掉瓦块石头一样,华歆却把金子捡起来再扔出去。还有一次,两人同坐在一张座席上读书,有达官贵人坐车从门口经过,管宁照旧读书,华歆却放下书本跑出去看。管宁就割开席子,分开座位,说道:"你不是我的朋友。"

一二

【原文】

王朗每以识度推华歆①。歆蜡日尝集子侄燕饮②,王亦学之。有人向张华说此事,张曰:"王之学华,皆是形骸之外③,去之所以更远。"

【注释】

①王朗:字景兴,汉末为会稽太守,入魏后官至司徒。识度:识见,气度。

②蜡(zhà):祭祀名,古代一种年终祭祀,在十二月合祭万物之神。燕:通"宴"。

③形骸之外:指表面的东西。形骸,指人的形体。

【译文】

王朗常常在识见和气度方面推崇华歆。华歆曾经在蜡祭那天把子侄聚到一起宴饮,王朗也学他的样儿。有人向张华说到这事,张华说:"王朗学华歆,只是学些表面的东西,因此距离华歆越来越远。"

一三

【原文】

华歆、王朗俱乘船避难①,有一人欲依附,歆辄②难之。

朗曰:"幸尚宽,何为不可?"后贼追至,王欲舍所携人。歆曰:"本所以疑③,正为此耳。既已纳其自托④,宁可以急相弃邪?"遂携拯如初。世以此定华、王之优劣。

【注释】

①避难(nàn):这里指躲避汉魏之交的动乱。
②辄:立即,就。
③疑:迟疑,犹豫不决。
④纳其自托:接受了他托身的请求,指同意他搭船。

【译文】

华歆、王朗一起乘船避难,有个人想搭乘他俩的船,华歆对这人的要求表示为难。王朗说:"好在船还宽,为什么不行呢?"后来强盗追来了,王朗就想甩掉那个搭船人。华歆说:"我当初犹豫,就是因为这一点呀。既然已经答应了他的请求,怎么可以因为情况紧迫就抛弃他呢?"便仍旧带着并帮助那个搭船人。世人凭这件事来判定华歆和王朗的优劣。

一四

【原文】

王祥①事后母朱夫人甚谨。家有一李树,结子殊好,母恒使守②之。时③风雨忽至,祥抱树而泣。祥尝在别床眠,母自往暗斫④之;值祥私⑤起,空所得被。既还,知母憾之不已,因跪前请死。母于是感悟,爱之如己子。

【注释】

①王祥：字休徵，西晋琅邪临沂（今山东临沂市北）人，是个孝子。因为侍奉后母，年纪很大才进入仕途。晋代魏，官至太保。
②守：守护。指防止风雨鸟雀糟蹋。
③时：有时。
④暗斫（zhuó）：偷偷地砍杀。
⑤私：小便。

【译文】

王祥侍奉继母朱夫人非常恭敬。家中长着一棵李树，结的李子特别好吃，继母一直派他看管着。有时风雨忽然来临，王祥就抱着树哭泣。有一次，王祥在另一张床上睡觉，继母亲自去暗杀他；正好碰上王祥起夜出去了，只砍着空被子。王祥回来后，知道继母为这事遗憾不已，便跪在继母面前请求处死自己。继母因此受到感动而醒悟过来，从此就把王祥当亲生儿子那样爱他。

一五

【原文】

晋文王称阮嗣宗①至慎，每与之言，言皆玄远②，未尝臧否③人物。

【注释】

①阮嗣宗：阮籍，字嗣宗，魏国人，"竹林七贤"之一，是著名

的文学家。在晋文王司马昭辅政时,任大将军从事中郎、步兵校尉。对司马氏的黑暗统治抱消极抵抗的态度,谈玄学,纵酒,不议论别人,行为狂放,不拘礼法。

②玄远:奥妙深远。

③臧否(pǐ):褒贬,评论。

【译文】

晋文王称赞阮嗣宗做事最谨慎,每逢与他交谈,他的言辞都很奥妙深远,未曾评论过别人的短长。

一六

【原文】

王戎云:"与嵇康①居二十年,未尝见其喜愠之色。"

【注释】

①嵇(jī)康:字叔夜,任魏国中散大夫,世称嵇中散,与阮籍等并称"竹林七贤"。为人内心谨慎,而行为狂放,崇尚老庄哲学,借以反对司马氏的黑暗统治,后遭诬害,被司马昭处死。

【译文】

王戎说:"与嵇康相处二十年,未曾看见过他有喜怒的表情。"

一七

【原文】

王戎、和峤①同时遭大丧②，俱以孝称。王鸡骨支床③，和哭泣备礼。武帝谓刘仲雄④曰："卿数省王、和不⑤？闻和哀苦过礼，使人忧之。"仲雄曰："和峤虽备礼，神气不损；王戎虽不备礼，而哀毁骨立⑥。臣以和峤生孝⑦，王戎死孝⑧。陛下不应忧峤，而应忧戎。"

【注释】

①王戎：字濬冲，西晋琅邪临沂（今山东临沂市北）人。受命征伐吴国，吴国平定后，封爵安丰侯。任尚书令、司徒，因母亲丧事离职。服丧期间，不拘礼制，饮酒食肉，但面容憔悴。和峤（qiáo）：字长舆，任中书令、尚书，因母亲丧事离职。服丧期间，谨守礼法，量米而食，不多吃饭，但不如王戎憔悴。

②大丧：父母之丧。

③鸡骨支床：指骨瘦如柴，意同下文的"哀毁骨立"。

④刘仲雄：名毅，字仲雄。为人刚直，任司隶校尉、尚书左仆射。

⑤卿：君称臣为卿。数（shuò）：屡次，经常。省（xǐng）：探望。不：同"否"。

⑥哀毁骨立：形容悲哀过度，瘦弱不堪，剩个骨架立着。

⑦生孝：指遵守丧礼而能注意不伤身体的孝行。

⑧死孝：对父母尽哀悼之情乃至于死的孝行。

【译文】

王戎与和峤同时丧母,都因为尽孝而得到赞扬。王戎骨瘦如柴,和峤哀痛哭泣,礼仪周到。晋武帝对刘仲雄说:"你经常去探望王戎、和峤吗?听说和峤过于悲痛,超出了礼法常规,真令人担忧。"仲雄说:"和峤虽然礼仪周到,精神状态却没有受到损伤;王戎虽然礼仪不周,可是伤心过度,伤了身体,骨瘦如柴。臣认为和峤是生孝,王戎是死孝。陛下不应为和峤担忧,而应该为王戎担忧。"

一八

【原文】

梁王、赵王①,国之近属,贵重当时。裴令公岁请二国②租钱数百万,以恤中表③之贫者。或④讥之曰:"何以乞物行惠?"裴曰:"损有余,补不足,天之道⑤也。"

【注释】

①梁王、赵王:梁王,司马肜(róng),司马懿的儿子。晋武帝(司马懿的孙子)即位后,封梁王,后任征西大将军,官至太宰。赵王,司马伦,司马懿的儿子。晋武帝时封赵王,晋惠帝时起兵反,自为相国,又称皇帝,后败死。

②裴令公:裴楷,字叔则,官至中书令,尊称为裴令公。二国:指梁王、赵王两人的封国。国是侯王的封地。

③恤:周济。中表:指与祖父、父亲的姐妹的子女的亲戚关系,

或与祖母、母亲的兄弟姐妹的子女的亲戚关系。

④或：有人。

⑤天之道：自然法则，天理。

【译文】

梁王和赵王是皇帝的近亲，贵极一时。中书令裴楷请求从他俩的封国每年拨出几百万赋税钱来周济皇亲国戚中那些贫穷的人。有人指责他说："为什么向人讨钱来做好事？"裴楷说："减损有余的来补助欠缺的，这是天理。"

一九

【原文】

王戎云："太保居在正始中，不在能言之流①。及与之言，理中②清远。将无③以德掩其言！"

【注释】

①太保：王祥曾任太保之职，这里以官名代人名。正始：三国时魏齐王曹芳年号。能言：指能清谈。魏晋时士大夫崇尚清谈，主张不务实际，专谈玄理，这形成了一种风气。

②理中：恰当的义理，正理。按：《晋书·王祥传》作"理致"（义理和情致）。

③将无：莫非，测度之词，用来表示猜测而意思偏于肯定。

【译文】

王戎说："太保处在正始年代，不属于擅长清谈的那一类人。

等到和他谈论起来，原来义理清新深远。他不以能言见称，恐怕是崇高的德行掩盖了他的善谈吧！"

二〇

【原文】

王安丰遭艰，至性过人①。裴令往吊之，曰："若使一恸果能伤人，濬冲必不免灭性②之讥。"

【注释】

①王安丰：就是第十七则中的王戎。艰：父母丧。至性：纯真的天性。

②灭性：指因为哀伤过度而毁灭性命。《孝经·丧亲章》中说："毁不灭性，此圣人之政也。"哀伤过度而丧命，古人认为是不合圣人之教的。

【译文】

安丰侯王濬冲在服丧期间，哀伤之情超过一般人。中书令裴楷去吊唁后，说道："如果一次极度的悲哀真能伤害人的身体，那么濬冲一定免不了会被指责为以孝伤生。"

二一

【原文】

王戎父浑，有令名①，官至凉州刺史②。浑薨，所历九郡义故③，怀其德惠，相率致赙④数百万，戎悉不受。

【注释】

①令名：好名声。

②刺史：晋代全国分若干个州，州的最高行政长官称刺史。

③薨（hōng）：古代王侯死叫作薨。王浑曾被封为贞陵亭侯，所以他的死可以称薨。九郡：据《晋书·地理志》，凉州管辖八个郡，所以有人以为这里的九郡应是八郡。但是也有人说：《御览》是引作"州郡"的，认为"九"是"州"的误字。我们暂从后者。义故：义从和故吏。指自愿受私人招募从军的官佐和旧部下。

④赙（fù）：送给别人办丧事的财物。

【译文】

王戎的父亲王浑，当时很有名望，出任凉州刺史。王浑死后，他在各州郡做官时的随从和旧部下，怀念他的恩惠，相继凑了几百万钱送给王戎做丧葬费，王戎一概不收。

二二

【原文】

刘道真尝为徒①，扶风王骏②以五百匹布赎③之，既而用为从事中郎④。当时以为美事。

【注释】

①徒：服劳役的罪犯。

②扶风王骏：晋宣王司马懿的儿子司马骏，被封为扶风王。
③赎：用财物来抵消罪过，解除刑罚。
④从事中郎：官名，大将军府的属官，主管文书、谋划。

【译文】
刘道真原来是个服劳役的犯人，扶风王司马骏用五百匹布来替他赎罪，不久又任用他做从事中郎。当时人们都认为这是值得称颂的事。

二三

【原文】
王平子、胡毋彦国诸人，皆以任放为达①，或②有裸体者。乐广③笑曰："名教④中自有乐地，何为乃尔也！"

【注释】
①王平子：王澄，字平子，曾任荆州刺史。胡毋彦国：姓胡毋，名辅之，字彦国，曾任湘州刺史。任放：任性放纵，指行为放纵，不拘礼法。据刘孝标注所引的王隐《晋书》说，这些人"去巾帻，脱衣服，露丑恶，同禽兽。甚者名之为通，次者名之为达也"。
②或：有的人。
③乐广：字彦辅，历任河南尹、尚书令，名望很高，说话得体，能宽恕人。
④名教：礼教。

【译文】

王平子、胡毋彦国等人都以放荡不羁为旷达,有的人还赤身裸体。乐广笑着说:"名教中自有令人快意的境地,为什么偏要这样做呢!"

二四

【原文】

郗公值永嘉丧乱①,在乡里,甚穷馁②。乡人以公名德,传共饴之③。公常携兄子迈及外生④周翼二小儿往食。乡人曰:"各自饥困,以君之贤,欲共济君耳,恐不能兼有所存。"公于是独往食,辄含饭著两颊边,还吐与二儿。后并得存,同过江⑤。郗公亡,翼为剡县⑥,解职归,席苫于公灵床头⑦,心丧⑧终三年。

【注释】

①郗(xī)公:郗鉴,以儒雅著名,过江后历任兖州刺史、司空、太尉。永嘉丧乱:晋怀帝永嘉年间,正当八王之乱以后,政治腐败,民不聊生。至永嘉五年(公元311年),在山西称帝的匈奴贵族刘聪(国号汉)遣石勒俘杀太尉王衍;同年,又遣刘曜率兵,攻破洛阳,俘怀帝,焚毁全城,史称"永嘉之乱"。

②穷:生活困难。馁(něi):饥饿。

③传:轮流。饴(sì):通"饲",给人吃。

④外生:外甥。

⑤过江：指渡过长江到江南。永嘉之乱，中原人士纷纷过江避难，后来镇守建康的琅邪王司马睿即帝位，开始了东晋时代。

⑥为剡（shàn）县：指做剡县县令。剡县，古属会稽郡（治今浙江绍兴市）。

⑦席苫（shān）：铺草垫子为席，坐、卧在上面。古时父母死了，就要在草垫子上枕着土块睡，叫作"寝苫枕块"。灵床：为死者设置的坐卧用具。

⑧心丧：好像哀悼父母一样的做法而没有孝子之服。古时父母死，服丧三年；外亲死，服丧五个月。郗鉴是舅父，是外亲，周翼却守孝三年，所以称心丧。

【译文】

在永嘉丧乱时期，住在家乡的郗鉴，生活过得很困难，经常挨饿。乡里的人因为他德高望重，大家伙便轮流供他饭吃。郗鉴经常带着哥哥的儿子郗迈和外甥周翼这两个小孩去吃。乡里的人说："各家自己也穷困挨饿，只是因为您的贤德，想合伙接济您就是了，恐怕不能兼顾两个小孩。"郗鉴于是便单独去吃，吃完后总是两个腮帮子含满了饭，回来便吐出给两个小孩吃。后来都活了下来，一起到了江南。郗鉴死时，周翼正任剡县县令，他辞职回去，在郗鉴灵床前尽孝子礼，寝苫枕块，守孝足足三年。

二五

【原文】

顾荣在洛阳，尝应人请，觉行炙人有欲炙之色①，因辍己②施焉。同坐嗤③之，荣曰："岂有终日执之，而不知其味者乎？"后遭乱渡江，每经危急，常有一人左右④己。问其所以⑤，乃受炙人也。

【注释】

①行炙人：传递菜肴的仆役。炙：烤肉。

②因：于是，就。辍己：指自己停下来不吃，让出自己那一份。

③嗤（chī）：讥笑。

④左右：帮助。

⑤所以：缘故。

【译文】

顾荣在洛阳的时候，有一次应邀赴宴，发现传菜的仆役们有想吃烤肉的神情，就把自己的那一份让给了他们。在座的人都笑话顾荣，顾荣说："哪有成天端着烤肉而不知肉味这种道理呢？"后来遇上战乱过江避难，每逢遇到危急，常常有一个人在身边护卫自己。问他为什么这样，原来他就是得到烤肉的那个人。

二六

【原文】

祖光禄①少孤贫，性至孝，常自为母炊爨②作食。王平北闻其佳名，以两婢饷之，因取为中郎③。有人戏之者曰："奴价倍婢。"祖云："百里奚亦何必轻于五羖之皮邪④！"

【注释】

①祖光禄：祖纳，字士言，东晋时任光禄大夫。

②炊爨（cuàn）：生火做饭。

③王平北：王乂（yì），字叔元，曾任平北将军。饷：赠送。取：任用。中郎：近侍之官，担任护卫、侍从，所以下文戏称为奴。

④百里奚（xī）：人名。关于百里奚，历史上有不同记载，据《史记·秦本纪》载，百里奚是春秋时虞国大夫，晋国灭虞国时俘虏了他。他逃跑后，被楚国人抓住，秦穆公听说他有才德，就用五张羊皮赎了他，授以国政，号为五羖（gǔ）大夫。羖：黑色的公羊。

【译文】

光禄大夫祖纳少年丧父，家境贫寒，但他生性孝顺，每天给母亲做饭。平北将军王乂听到他的好名声，就把两个婢女送给他，并任用他做中郎。有人跟他开玩笑说："你也就值两个婢女。"祖纳说："百里奚又何尝比五张羊皮轻贱呢！"

二七

【原文】

周镇罢临川郡还都，未及上，住泊青溪渚①。王丞相②往看之。时夏月，暴雨卒③至，舫④至狭小，而又大漏，殆⑤无复坐处。王曰："胡威⑥之清，何以过此！"即启用为吴兴郡。

【注释】

①住泊：停泊。青溪渚（zhǔ）：地名，临近建康。

②王丞相：王导，字茂弘，辅助晋元帝经营江左，任扬州刺史、录尚书事，后任丞相。

③卒：通"猝"（cù），突然。

④舫（fǎng）：船。

⑤殆（dài）：几乎。

⑥胡威：人名。胡威的父亲胡质为官清廉，做荆州刺史时，胡威从京都去看他。胡威回家时，他只给了一匹绢做口粮钱。胡威一路上自己打柴做饭。胡质手下一个都督在途中常资助胡威。胡威问明情况后，把那匹绢给了都督，并把这事告诉了父亲。胡质认为这有损于自己的清廉，就把那个都督抓来打了一百棍，把他开除了。

【译文】

周镇从临川郡解任，坐船回京都，还来不及上岸，停在青溪渚，丞相王导就去看望他。当时正值夏天，突然下起暴雨来，船很狭窄，而且雨漏得厉害，几乎没有可坐的地方。王导说："胡威的清廉，哪里能超过这种情况呢！"立刻起用他做吴兴郡太守。

二八

【原文】

邓攸①始避难，于道中弃己子，全弟子。既过江，取一妾，甚宠爱。历②年后，讯其所由③，妾具说是北人遭乱，忆父母姓名，乃攸之甥也。攸素有德业④，言行无玷⑤，闻之哀恨终身，遂不复畜妾。

【注释】

①邓攸：字伯道。其弟弟早死，留下一个儿子由邓攸抚养。逃难路上，他挑着一子一侄两个孩子，觉得势难两全，就舍弃了自己的儿子，保全了弟弟的儿子。

②历：经过。

③所由：根由，指身世。

④德业：德行和事业。

⑤玷（diàn）：污点，过失。

【译文】

当初邓攸为了躲避永嘉之乱，逃难去了江南，在半途中扔下了自己的儿子，保全了弟弟的儿子。过江以后，娶了一个妾，非常宠爱。一年以后，询问她的身世，她便详细诉说自己是北方人，遭逢战乱，逃难来的；回忆起父母的姓名，原来她竟是邓攸的外甥女。邓攸一向德行高洁，事业有成，言谈举止都没有污点，听了这件事，伤心悔恨了一辈子，从此便不再纳妾。

二九

【原文】

王长豫①为人谨顺，事亲尽色养②之孝。丞相见长豫辄喜，见敬豫③辄嗔。长豫与丞相语，恒以慎密为端。丞相还台④，及行，未尝不送至车后。恒与曹夫人并当箱箧⑤。长豫亡后，丞相还台，登车后，哭至台门；曹夫人作簏⑥，封而不忍开。

【注释】

①王长豫：王悦，字长豫，是王导的长子，名望很高，能承欢膝下，得到王导的偏爱，官至中书侍郎。

②色养：指侍养父母有喜悦的容色。

③敬豫：王恬，字敬豫，是王导的次子，放纵好武，不拘礼法，曾任魏郡太守。

④台：中央机关的官署，这里指尚书省。按：当时王导录尚书事。

⑤曹夫人：王导的妻子，姓曹。并当：也作"屏当"，整理，收拾。篋（qiè）：小箱子。

⑥簏（lù）：竹箱子。

【译文】

王长豫为人总是谨慎和顺，侍奉父母时也总是神色愉悦，恪尽孝道。丞相王导看见长豫就喜欢，看见敬豫就生气。长豫和王导谈话，总是以谨慎细密为本。王导要去尚书省，临走，长豫总是送他上车。长豫常常替母亲曹夫人收拾箱笼衣物。长豫死后，王导到尚书省去，上车后，一路哭到官署门口；曹夫人收拾箱笼，一直把长豫收拾过的封好，不忍心再打开。

三〇

【原文】

桓常侍闻人道深公者①，辄曰："此公既有宿名②，加先达③知称，又与先人至交，不宜说之。"

【注释】

①桓常侍：桓彝，字茂伦，曾任散骑常侍，是在皇帝左右以备顾问的官。深公：竺法深，是一个德行高洁、善谈玄理的和尚。

②宿名：久为人知的名望。

③先达：前辈贤达。

【译文】

散骑常侍桓彝听到有人在谈论竺法深，就说："此公向来有名望，而且受到前辈贤达们的赏识、赞扬，又和先父是最好的朋友，不该谈论他。"

三一

【原文】

庾公乘马有的卢①，或语令卖去，庾云："卖之必有买者，即复害其主，宁可不安己而移于他人哉？昔孙叔敖②杀两头蛇以为后人，古之美谈。效之，不亦达乎？"

【注释】

①庾公：庾亮，字元规，任征西大将军、荆州刺史。的卢：马名。马白额入口至齿者名的卢。按迷信说法，这是凶马，它的主人会得祸。

②孙叔敖：春秋时期楚国的令尹。据贾谊《新书》载，孙叔敖小时候在路上看见一条两头蛇，回家哭着对母亲说：听说看见两头蛇的人一定会死，我今天竟看见了。母亲问他蛇在哪里，孙叔敖说：

我怕后面的人再见到它,就把它打死埋掉了。他母亲说:你心肠好,一定会好心得好报,不用担心。

【译文】

在庾亮许多驾车的马中有一匹的卢马,有人告诉他,叫他把它卖掉。庾亮说:"卖它,必定有买主,那就还要害那个买主,怎么可以因为对自己不利就转嫁给别人呢?从前孙叔敖打死两头蛇,以保护后面来的人,这件事是古时候人们乐于称道的。我学习他,不也是很旷达的吗?"

三二

【原文】

阮光禄在剡①,曾有好车,借者无不皆给。有人葬母,意欲借而不敢言,阮后闻之,叹曰:"吾有车,而使人不敢借,何以车为②?"遂焚之。

【注释】

①阮光禄:阮裕,字思旷,任东阳太守,后被召为金紫光禄大夫,不肯就任。不过也因此而用官名称呼他为阮光禄。剡:阮裕去职还家,住在剡山。

②何以车为:要车子做什么?"何以……为"是文言文表示反问的习惯用法。

【译文】

光禄大夫阮裕在剡县的时候,曾经有一辆极好的车子,无论谁向他借车,他都没有不借的。有个人要葬母亲,想借车,可是不敢开口。阮裕后来听说这件事,叹息说:"我有车,可是让别人不敢借,还要车子做什么呢?"就把车子烧了。

三三

【原文】

谢奕作剡令,有一老翁犯法,谢以醇酒①罚之,乃至过醉而犹未已。太傅②时年七八岁,著青布绔,在兄膝边③坐,谏④曰:"阿兄,老翁可念⑤,何可作此!"奕于是改容⑥曰:"阿奴⑦欲放去邪?"遂遣之。

【注释】

①醇酒:含酒精度高的酒。

②太傅:官名,这里指谢安。谢安,字安石,谢奕的弟弟,后任中书监、录尚书事,进位太保,死后赠太傅。

③膝边:膝上。"边"是泛向性的,没有确定的方位意义,正像第六则中的"膝前"一样。

④谏(jiàn):规劝。

⑤念:怜悯,同情。

⑥容:面容,神色。

⑦阿奴:对幼小者的爱称。这里是哥哥称呼弟弟。

【译文】

谢奕在剡县任职县令的时候,有位老人家犯了法,谢奕就拿醇酒罚他喝,以至醉得很厉害,却还不停罚。谢安当时只有七八岁,穿一条蓝布裤,在他哥哥膝上坐着,劝告说:"哥哥,老人家多么可怜,怎么可以做这种事!"谢奕脸色立刻缓和下来,说道:"你要把他放走吗?"于是就把那个老人打发走了。

三四

【原文】

谢太傅绝重褚公①,常②称:"褚季野虽不言,而四时之气③亦备。"

【注释】

①褚(chǔ)公:指褚裒(póu),字季野,曾任兖州刺史,死后赠太傅。《晋书·褚裒传》说:桓彝认为"季野有皮里阳秋",就是说他虽然口里不说别人的好坏,可是心里是有褒贬的。
②常:通"尝",曾经。
③气:气象,指冷热风雨阴晴等现象。

【译文】

太傅谢安非常敬重褚季野,他曾经称赞说:"虽然褚季野口里不说,可是心里明白是非,正像一年四季的气象那样,样样都有。"

三五

【原文】

刘尹①在郡,临终绵惙②,闻阁下祠神鼓舞③,正色曰:

"莫得淫祀④!"外请杀车中牛⑤祭神,真长答曰:"'丘之祷久矣。'⑥勿复为烦。"

【注释】

①刘尹:刘惔(tán),字真长,任丹阳尹,即京都所在地丹阳郡的行政长官。

②绵惙(chuò):气息微弱,指奄奄一息。

③阁:供神佛的地方。祠:祭祀。此指为除病祷告。鼓舞:击鼓舞蹈。这是祭神的一种仪式。

④淫祀:滥行祭祀。不该祭祀而祭祀,即不合礼制的祭祀,叫淫祀。

⑤车中牛:驾车的牛。晋代常坐牛车,杀驾车的牛来祭祀是常事。

⑥丘之祷久矣:这句话出自《论语·述而》。一次,孔子(名丘)得了重病,他的弟子子路请求允许向神祷告,孔子说"丘之祷久矣"(我早就祷告过了),委婉拒绝了子路的请求。刘惔喜欢老庄之学,纯任自然,所以不想祭神。

【译文】

丹阳尹刘真长在任时,奄奄一息之际,听见供神佛的阁下正在击鼓、舞蹈,举行祭祀,就神色严肃地说:"不得滥行祭祀!"属员请求杀掉驾车的牛来祭神,刘真长回答说:"我早就祷告过了,不要再做烦扰人的事!"

三六

【原文】

谢公夫人教儿,问太傅:"那得初不见君教儿?"答曰:

"我常自教儿①。"

【注释】

①"我常"句：指自己的为人处世，都是儿子所能看到、听到的，可以效法，是一种身教。

【译文】

谢安的夫人教导儿子时，追问太傅谢安道："怎么从来不见您教导过儿子呢？"谢安回答说："我经常以自身言行教导儿子。"

三七

【原文】

晋简文①为抚军时，所坐床上尘不听拂②，见鼠行迹，视以为佳。有参军见鼠白日行，以手板批杀之，抚军意色不说③。门下④起弹，教⑤曰："鼠被害尚不能忘怀，今复以鼠损人，无乃⑥不可乎？"

【注释】

①晋简文：晋简文帝司马昱（yù），即位前封会稽王，任抚军将军，后又进位抚军大将军、丞相。

②床：坐具。古时候卧具叫床，坐具也叫床。听：听凭，任凭。

③参军：官名，是将军幕府所设的官。手板：即"笏"，下属谒见上司时所拿的狭长板子，上面可以记事。魏晋以来习惯执手板。批杀：打死。说：通"悦"，高兴。按：大概因为不高兴，就有责

备,所以下文才说"以鼠损人"。
④门下:门客,贵族家里养的帮闲人物。
⑤教:告诉。
⑥无乃:恐怕。用来表示语气比较缓和的反问。

【译文】

晋简文帝还在任抚军将军的时候,落在他床上的灰尘从来不让人擦去,他看见老鼠在上面走过的脚印,认为很好看。有个参军看见老鼠白天走出来,就拿手板把老鼠打死了,抚军为这事很不高兴。他的门客站起来批评他说:"老鼠给打死了尚且不能忘怀,现在又为了一只老鼠去损伤人,恐怕不行吧?"

三八

【原文】

范宣①年八岁,后园挑②菜,误伤指,大啼。人问:"痛邪?"答曰:"非为痛,身体发肤③,不敢毁伤,是以啼耳。"宣洁行廉约④,韩豫章遗绢百匹⑤,不受;减五十匹,复不受。如是减半,遂至一匹,既终不受。韩后与范同载,就车中裂二丈与范云:"人宁可使妇无裈⑥邪?"范笑而受之。

【注释】

①范宣:字宣子,家境贫寒,崇尚儒家经典。居住在豫章郡,后被召为太学博士、散骑郎,推辞不就。
②挑:挑挖,挖出来。

③"身体"句：语出《孝经》："身体发肤，受之父母，不敢毁伤，孝之始也。"身，躯干。体，头和四肢。

④洁行：品行高洁。廉约：廉洁俭省。

⑤韩豫章：韩伯，字康伯，历任豫章太守、丹杨尹、吏部尚书。遗（wèi）：赠送。

⑥裈（kūn）：裤子。

【译文】

范宣八岁时，有一次在后园挖菜，无意中伤了自己的手指，就大哭起来。旁人问道："很痛吗？"他回答说："不是为痛，身体发肤，不敢毁伤，因此才哭呢。"范宣品行高洁，为人清廉俭省，有一次，豫章太守韩康伯送给他一百匹绢，他不肯收下；减到五十匹，还是不接受。这样一路减半，终于减至一匹，他到底还是不肯接受。后来韩康伯邀范宣一起坐车，在车上撕了两丈绢给范宣，说："一个人难道可以让老婆没有裤子穿吗？"范宣才笑着把绢收下了。

三九

【原文】

王子敬病笃，道家上章，应首过①，问子敬："由来有何异同得失？"②子敬云："不觉有余事，唯忆与郗家③离婚。"

【注释】

①王子敬：王献之，字子敬，是晋代大书法家王羲之的儿子，

信奉五斗米道。"道家"二句：道家，本来指一个学术派别，这里指道教，具体指五斗米道。这是一种道教团体，东汉末张陵创立，利用符咒辟邪驱鬼，为人治病。受道的人出五斗米。有病就请道家做章表，写明病人姓名、服罪之意，向上天祷告除难消灾，这叫上章。病人要坦白自己的罪过，这叫首过。

②由来：向来，一向。异同得失：异同和得失是两个同义复词。异同，指异，即和平常不同的。得失，指失，即过失、过错。

③郗家：王献之娶郗昙的女儿为妻，后离婚。

【译文】

王子敬病重时，请了道家主持上表文祷告，王子敬应该坦白过错。道家问子敬："一向有什么异常和过错？"子敬说："想不起有别的事，只记得和郗家离过婚。"

四〇

【原文】

殷仲堪既为荆州，值水俭①，食常五碗盘②，外无余肴。饭粒脱落盘席间，辄拾以啖③之。虽欲率物④，亦缘其性真素⑤。每语子弟云："勿以我受任方州，云我豁平昔时意⑥，今吾处之不易。贫者士之常⑦，焉得登枝而捐其本⑧！尔曹其存之。"

【注释】

①殷仲堪：晋孝武帝太元十七年（公元392年）任荆州刺史，

太元十九、二十年,荆、徐二州水灾。他笃信天师道,生活俭省,可是事神不惜钱财。水俭:因水灾而年成不好。俭,歉收。

②五碗盘:古代南方一种成套食器,由一个托盘和放在其中的五只碗组成,形制较小。

③啖(dàn):吃。

④率物:率人,为人表率。

⑤真素:真诚无饰,质朴。

⑥豁(huò):抛弃。时意:时俗。

⑦常:常态。

⑧"焉得"句:意指不能因为登上高枝就抛弃树干,比喻不能因为身居高位就忘掉了做人的根本。其,表命令、劝告的语气副词,大致可译为"还是、要"。

【译文】

殷仲堪任职荆州刺史之后,正巧遇上水灾粮食歉收,吃饭通常只用五碗盘,此外没有其他荤菜。饭粒掉在盘里或座席上,马上捡起来吃了。这样做,是想给大家做个好榜样,也是因为他的本性质朴。他常常告诫子侄们说:"不要因为我担任一个州的长官,就认为我把平素的生活习惯抛弃了,现在我的这种习惯并没有变。贫穷是读书人的常态,怎么能做了官就丢掉做人的根本呢!你们要记住我的话!"

四一

【原文】

初,桓南郡、杨广①共说殷荆州,宜夺殷觊南蛮以自树②。

觊亦即晓其旨。尝因行散③，率尔去下舍④，便不复还，内外无预知者。意色萧然，远同鬬生之无愠⑤。时论以此多⑥之。

【注释】

①桓南郡：指桓玄。桓玄，字敬道，继承了他父亲桓温的爵位，封为南郡公，和殷仲堪是好朋友。杨广：殷仲堪为荆州刺史时，任用杨广的弟弟杨佺期为司马。殷仲堪起兵反，把军旅之事全部交给佺期兄弟掌握。

②殷觊（jì）：字伯通，任南蛮校尉，是掌管南蛮地区的长官。他是殷仲堪的堂兄，殷仲堪想邀他谋反，殷觊不参加；杨广劝仲堪杀了殷觊，仲堪不同意。殷觊也自动让了位。树：树立、建立。

③因：趁着。行散：魏晋士大夫喜欢服五石散，吃后要走路，以便散发，这叫行散。鲁迅的《魏晋风度及文章与药及酒之关系》中说："五石散的基本，大概是五样药：石钟乳，石硫黄，白石英，紫石英，赤石脂。""先吃下去的时候，倒不怎样的，后来药的效验既显，名曰'散发'。倘若没有'散发'，就有弊而无利。因此吃了之后不能休息，非走路不可，因走路才能散发，所以走路名曰'行散'。"

④率尔：轻率，随便。下舍：住宅。

⑤萧然：悠闲的样子。鬬生：指春秋时楚国令尹（宰相）子文，就是鬬穀於菟。据《论语·公冶长》说，他三次做令尹，没有一点高兴的神色；又三次被罢官，也没有一点怨恨的神色。愠：怨恨。

⑥多：称赞。

【译文】

起初，南郡公桓玄和杨广一起前往劝说荆州刺史殷仲堪，认为他应该夺取殷觊主管的南蛮地区来建立自己的权力。殷觊也马上明白了他俩的意图。趁着一次散步，随随便便地离开了家，便不再回来，里里外外没有人事先知道。他神态悠闲，和古时候的楚国令尹子文一样没有怨恨。当时的舆论界就因为这事赞扬他。

四二

【原文】

王仆射①在江州，为殷、桓所逐，奔窜豫章，存亡未测。王绥②在都，既忧戚③在貌，居处饮食，每事有降。时人谓为"试守孝子"④。

【注释】

①王仆射（yè）：王愉，字茂和，出任江州刺史，都督江州及豫州之四郡军事。这招致豫州刺史庾楷的怨恨，庾楷就和桓玄、殷仲堪共推王恭为盟主，起兵反帝室。这时王愉到任不久，没有准备，就逃亡到临川，被俘。桓玄篡位后，升他为尚书左仆射（尚书省的副职）。

②王绥：字彦猷，王愉的儿子，在桓玄任太尉时，他任太尉右长史。

③忧戚：忧愁。

④试守孝子：等于说见习孝子。官吏正式任命前，先主持其事以试其才能，称为试守。王绥在父亲存亡未测之时便做出居丧的样子，所以人们模仿职官称谓，称他为试守孝子。

【译文】

仆射王愉在江州任职刺史时，曾经被殷仲堪、桓玄起兵驱逐，逃亡到了豫章，生死未知。他的儿子王绥在京都，听到消息，便面容忧愁，起居饮食的标准都有所降低。当时的人把他称为"试守孝子"。

四三

【原文】

桓南郡既破殷荆州，收殷将佐十许人，咨议罗企生亦在焉①。桓素待企生厚，将有所戮，先遣人语云："若谢我②，当释罪。"企生答曰："为殷荆州吏，今荆州奔亡，存亡未判，我何颜谢桓公！"既出市③，桓又遣人问："欲何言④？"答曰："昔晋文王杀嵇康，而嵇绍为晋忠臣⑤。从公乞一弟以养老母。"桓亦如言宥之。桓先曾以一羔裘与企生母胡，胡时在豫章，企生问⑥至，即日焚裘。

【注释】

①"桓南"三句：公元399年，桓玄攻据荆州，杀殷仲堪。荆州人士无不谒见桓玄，独罗企生不去，被桓玄逮捕杀害。收：收捕，逮捕。将佐：将领和僚属。十许人：十来人。罗企生：字宗伯，在殷仲堪幕府任咨议参军，掌管谋划。殷仲堪败走，文武官员没有谁送行，只有罗企生随从。

②谢我：向我谢罪。

③市：刑场。

④何言：意思是"言何"，说什么。

⑤嵇康：见第十六则注①。嵇绍：嵇康的儿子。嵇康被司马昭

诬害处死。但嵇绍在晋代累升至散骑常侍。永兴元年（公元304年），晋惠帝亲征成都王司马颖，败于荡阴，百官逃散，独嵇绍以身保卫惠帝而死。罗企生引述这件事，是要求桓玄不搞株连，不杀害他的弟弟。

⑥问：消息。

【译文】

南郡公桓玄打败荆州刺史殷仲堪以后，逮捕了殷仲堪的将士十余人，咨议参军罗企生也在其中。桓玄向来待企生很好，当他打算杀掉一些人的时候，先派人去告诉企生说："如果向我认罪，一定免你一死。"企生回答说："我是殷荆州的官吏，现在荆州逃亡，生死不明，我有什么脸向桓公谢罪！"绑赴刑场以后，桓玄又差人问他还有什么话要说。企生答道："过去晋文王杀了嵇康，可是他儿子嵇绍却做了晋室的忠臣。因此我想请桓公留下我一个弟弟来奉养老母亲。"桓玄也就按他的要求饶恕了他弟弟。桓玄曾经送给罗企生母亲胡氏一领羔皮袍子，这时胡氏在豫章，当企生被害的消息传来时，当天就把那领羔皮袍子烧了。

四四

【原文】

王恭从会稽还①，王大②看之。见其坐六尺簟③，因语恭："卿东来④，故⑤应有此物，可以⑥一领及我。"恭无言。大去后，即举所坐者送之。既无余席，便坐荐⑦上。后大闻之，甚惊曰："吾本谓卿多，故求耳。"对曰："丈人⑧不悉恭，恭作人无长物⑨。"

【注释】

①王恭：字孝伯，历任中书令，青州、兖州刺史，为人清廉。晋安帝时起兵反对帝室，被杀。会稽：郡名，郡治在今浙江省绍兴市。

②王大：王忱，小名佛大，也称阿大，是王恭的同族叔父辈，官至荆州刺史。

③簟（diàn）：竹席。

④卿：六朝时，在对称中，尊辈称晚辈，或同辈熟人间的亲热称呼。东来：从东边来。东晋的国都在建康，会稽在建康东南。

⑤故：通"固"。本来，自然。

⑥可以：是两个词，"可"是可以，"以"是拿。

⑦荐：草席。

⑧丈人：古时晚辈对长辈的尊称。

⑨长（zhàng）物：多余的东西。

【译文】

王恭从会稽回来后，王大前去看望他。王大看见王恭坐着一张六尺长的竹席子，便对王恭说："你从东边回来，自然会有这种东西，可以拿一张给我。"王恭没有说什么。王大走后，王恭就让人拿起所坐的那张竹席送给王大。自己既没有多余的竹席，就坐在草席子上。后来王大听说了这件事，很吃惊，对王恭说："我原来以为你有多余的，所以问你要呢。"王恭回答说："您不了解我，我为人处世，没有多余的东西。"

四五

【原文】

吴郡陈遗，家至孝。母好食铛①底焦饭。遗作郡主簿，恒装一囊，每煮食，辄贮录②焦饭，归以遗母。后值孙恩③贼出吴郡，袁府君④即日便征。遗已聚敛得数斗焦饭，未展⑤归家，遂带以从军。战于沪渎，败，军人溃散，逃走山泽，皆多饥死，遗独以焦饭得活。时人以为纯孝之报也。

【注释】

①铛（chēng）：一种铁锅。

②贮录：贮藏。

③孙恩：东晋末，孙恩聚众数万，攻陷郡县。后来攻打临海郡时被打败，跳海死。

④袁府君：即袁山松，任吴国内史（诸侯王封国内掌民政的长官，相当于太守）。

⑤未展：未及。

【译文】

吴郡人陈遗非常孝顺。他母亲爱吃锅巴。陈遗在郡里做主簿的时候，总会备好一个口袋，每逢煮饭时，就把锅巴储存起来，等到回家，就带给母亲。后来遇上孙恩反贼侵入吴郡，内史袁山松马上要出兵征讨。这时陈遗已经积攒到几斗锅巴，来不及回家，便带着随军出征。双方在沪渎开战，袁山松打败了，军队溃散,都逃跑到山林沼泽地带,没有吃的,多数人饿死了,唯独陈遗靠锅巴活了下来。当时人们认为这是对他纯厚的孝心的报答。

四六

【原文】

孔仆射①为孝武侍中,豫蒙眷接②。烈宗山陵③,孔时为太常,形素羸瘦④,著重服⑤,竟日涕泗⑥流连,见者以为真孝子。

【注释】

①孔仆射:孔安国,晋孝武帝时历任侍中(皇帝的近侍官)、太常(管祭祀礼乐)、尚书左右仆射等职。

②豫:喜悦,幸福。眷接:恩宠和接待。

③烈宗:晋孝武帝庙号,即死后立室奉祀时起的名号。山陵:帝王的坟墓,这里指归山陵,即死。

④羸瘦:瘦弱。

⑤重服:重丧服,即父母丧时所穿的孝服。

⑥涕泗:眼泪和鼻涕。

【译文】

仆射孔安国任晋孝武帝的侍中,非常风光地得到孝武帝的恩宠礼遇。孝武帝死后,当时孔安国任太常,他的身体一向瘦弱,穿着重孝服,一天到晚眼泪、鼻涕不断,看见他的人都认为他是真正的孝子。

四七

【原文】

吴道助、附子①兄弟居在丹阳郡后。遭母童夫人艰,朝夕哭临②。及思至,宾客吊省,号踊③哀绝,路人为之落泪。韩康伯时为丹阳尹,母殷在郡,每闻二吴之哭,辄为凄恻,语康伯曰:"汝若为选官④,当好料理⑤此人。"康伯亦甚相知⑥。韩后果为吏部尚书⑦。大吴不免哀制⑧,小吴遂大贵达。

【注释】

①吴道助、附子:吴坦之,小名道助;吴隐之,小名附子。隐之历任广州刺史、尚书、领军将军。

②哭临(lìn):哭吊死者的哀悼仪式。

③号踊:号哭跳跃,指哀痛到极点。

④选官:主管铨选的官。

⑤料理:照顾。

⑥知:友爱。

⑦吏部尚书:吏部的行政长官。吏部掌管官吏的任免、考核、升降等。

⑧不免哀制:指经不起丧亲的悲痛而死。

【译文】

吴道助和吴附子兄弟二人住在丹阳郡官署的后院。不幸母亲童夫人逝世,他们早晚到母亲灵前跪拜,一念及母亲,宾客来吊啃时,都顿足号哭,哀恸欲绝,过路的人也因此落泪。当时韩康伯任丹阳尹,母亲殷氏住在郡府中,每逢听到吴家兄弟二人的哭声,总是深为哀伤。她对康伯说:"你如果做了选官,应该妥善照顾这两个人。"韩康伯也很欣赏二人。后来韩康伯果然出任吏部尚书。这时大吴因悲伤过度已经死了,小吴终于做了大官,非常显贵。

言语第二

【题解】

言语指会说话,善于言谈应对。魏晋时代,清谈之风大行,这不仅要求言谈寓意深刻,见解精辟,而且要求言辞简洁得当,声调要抑扬顿挫,举止必须挥洒自如。受此风影响,士大夫在待人接物中特别注重言辞风度的修养,悉心磨炼语言技巧,使自己具有高超的言谈本领以保持自己身份。

本篇所记的是在各种语言环境中,为了各种目的而说的佳句名言,多是一两句话,非常简洁。可是一般却说得很得体、巧妙,或哲理深邃,或含而不露,或意境高远,或机警多锋,或气势磅礴,或善于抓住要害一语破的,很值得回味。

在处世待人中,遇事常需要讲道理,这就要求抓住事物或论点的本质要害、是非得失来表述,否则说服不了人,甚至容易言不及义。例如:"庾法畅造庾太尉,握麈尾至佳。公曰:'此至佳,那得在?'法畅曰:'廉者不求,贪者不与,故得在耳。'"真可谓一语破的。有时,一种行为、一种见解可能受指摘甚至误解,须辩解清楚。如果善于辩明,就容易折服对方,甚至会得到对方欣赏,除难消灾。例如西晋时尚书令乐广的女儿嫁成都王司马颖,后来司马颖起兵讨伐朝廷中掌权的长沙王司马乂,司马乂便追查乐广和司马颖有无勾结,乐广只用一句话从容反诘:"岂以五男易一女?"意谓不会为了一个女儿而让五个儿子被害,结果司马义"无复疑虑"。这是抓住五比一、重男轻女的习俗来权衡轻重利弊以折服对方。在交谈、论辩中,也常常须反驳对方的论点,如能以其人之道还治其人之身,更易压倒对方。例如有人说"月中无物"会更明亮,徐孺子反驳说:"譬如人眼中有瞳子,无此必不明。"这是避开谈月亮,把着眼点放在有物无物上。只因有了瞳子,才看得清楚,这是不言自明的。

　　古人说话,喜欢引证古代言论、事实或典籍,这是一种时尚。引用恰当,会增强说服力,也能增添许多情趣,活跃气氛,所以认为是能言善辩。本篇引用古事、古语的地方不少。说话也强调善用比喻。如果能抓住两个人、物、事之间的类似点来比喻,容易表达得更加准确、鲜明、生动。有时在一些应酬场合,如果比喻得体,就算没有多大意思,也觉清新可喜。例如:"顾悦与简文同年,而发早白。简文曰:'卿何以先白?'对曰:'蒲柳之姿,望秋而落;松柏之质,经霜弥茂。'"这类话,对说者无损,对听者又是赞扬,便能得到人们的欣赏。除此以外,还有一部分条目肯定了描写的深刻、传神、有文采;有一些则是在言谈之中隐含说话人的各种思想感情,或讽谏,或讥刺,或劝慰,或大义凛然,或排难解纷,借题发挥,寓意深远。

　　篇中也有部分条目,或卖弄口才,或乘机吹捧,或聊以解嘲,或多方狡辩,都谈不上能言善辩,意义不大。

一

【原文】

　　边文礼见袁奉高,失次序①。奉高曰:"昔尧聘许由②,面无怍色③。先生何为颠倒衣裳④?"文礼答曰:"明府初临,尧德未彰⑤,是以贱民颠倒衣裳耳。"

【注释】

①边文礼:边让,字文礼,陈留郡人。后任九江太守,被魏武帝曹操杀害。袁奉高:参见《德行》第三则注②。失次序:失顺序,不合礼节。即举止失措,举动失常。

②"昔尧"句:尧是传说中的远古帝王,许由是传说中的隐士。尧想让位给许由,许由不肯接受。尧又想请许由出任九州长,他认为这污了他的耳朵,就跑去洗耳。

③怍(zuò)色:羞愧的脸色。

④颠倒衣裳:把衣和裳掉过来穿,后用来比喻举动失常。衣,上衣。裳,下衣,是裙的一种,古代男女都穿裳。这句话出自《诗经·齐风·东方未明》:"东方未明,颠倒衣裳。"

⑤"明府"二句:明府指高明的府君,吏民也称太守为明府。按此,袁奉高似乎曾任陈留郡太守,而边文礼是陈留人,所以谦称为贱民。尧德,如尧之德,大德。按:袁奉高说到"尧聘许由"之事,所以边文礼也借谈"尧德"来嘲讽他。

【译文】

边文礼谒见袁奉高时,举止变得慌乱失措。袁奉高说:"古时候尧请许由出来做官,许由脸上没有愧色。先生为什么弄得颠倒了衣裳呢?"文礼回答说:"明府刚到任,大德还没有明白显现出来,所以我才颠倒了衣裳呢。"

二

【原文】

徐孺子年九岁,尝月下戏,人语之曰:"若令月中无物①,当极明邪?"徐曰:"不然,譬如人眼中有瞳子,无此必不明。"

【注释】

①若令:如果。物:指人和事物。神话传说月亮里有嫦娥、玉兔、桂树等。

【译文】

徐孺子九岁那年,曾经有一次在月光下玩耍,有人对他说:"如果月亮里面什么也没有,会更加明亮吧?"徐孺子说:"不是这样,好比人的眼睛里有瞳子,如果没有这个,一定看不见。"

三

【原文】

孔文举①年十岁,随父到洛。时李元礼②有盛名,为司隶校尉③,诣门者,皆俊才清称及中表亲戚乃通④。文举至门,谓吏曰:"我是李府君⑤亲。"既通,前坐。元礼问曰:"君与仆⑥有何亲?"对曰:"昔先君仲尼与君先人伯阳有师资之尊,是仆与君奕世为通好也⑦。"元礼及宾客莫不奇⑧之。太中大夫陈韪⑨后至,人以其语语之,韪曰:"小时了了,大未必佳。"文举曰:"想君小时,必当了了⑩。"韪大踧踖⑪。

【注释】

①孔文举:孔融,字文举,是汉代末年的名士、文学家,历任北海相、少府、太中大夫等职。曾多次反对曹操,被曹操借故杀害。

②李元礼:见《德行》第四则注①。

③司隶校尉:官名,掌管监察京师和所属各郡百官的职权。

④诣(yì):到。清称:有清高的称誉的人。中表亲戚:参《德行》第十八则注③。

⑤府君:太守称府君,太守是俸禄二千石的官,而司隶校尉的俸禄是比二千石,有府舍,所以也通称府君(二千石的月俸是一百二十斛,比二千石是一百斛)。

⑥仆:谦称。

⑦先君:祖先,与下文"先人"同。仲尼:孔子,名丘,字仲尼。伯阳:老子,姓李,名耳,字伯阳,著有《老子》一书。师资:师。这里指孔子曾向老子请教过礼制的事。奕世:累世,世世代代。

⑧奇:认为……特殊、不寻常。

⑨太中大夫:掌管议论的官。陈韪(wěi):《后汉书·孔融传》作陈炜。

⑩了了:聪明,明白通晓。

⑪踧踖(cù jí):局促不安的样子。

【译文】

孔文举十岁那年,随其父到了洛阳。当时的李元礼有很高的名望,任司隶校尉,登门拜访的都必须是才子、名流和内外亲属，才让通报。孔文举来到他家，对掌门官说："我是李府君的亲戚。"经通报后，入门就座。元礼问道："您和我有什么亲戚关系呢？"孔文举回答道："古时候我的祖先仲尼曾经拜您的祖先伯阳为师，这样看来，我和您就是老世交了。"李元礼和宾客们无不赞赏他的聪明过人。太中大夫陈韪来得晚一些，别人就把孔文举的应对告诉他，陈韪说："小时候聪明伶俐，长大了未必出众。"文举应声说："您小时候，想必是很聪明的了。"陈韪听了，感到很难为情。

四

【原文】

孔文举有二子，大者六岁，小者五岁。昼日父眠，小者床头盗酒饮之，大儿谓曰："何以不拜①？"答曰："偷，那得行礼！"

【注释】

① "何以"句：酒是礼仪中必备的东西，所以大儿说饮酒前要拜（行礼）。下文小儿以为偷东西就不合乎礼，而拜是一种表敬意的礼节，所以不能拜。

【译文】

孔文举有两个儿子，大点的儿子六岁，小点的儿子五岁。有一次孔文举白天在家睡觉，小儿子就到床头偷酒来喝，大儿子对他说："喝酒为什么不先行礼呢？"小儿子回答说："偷来的酒，哪能行礼呢！"

五

【原文】

孔融被收,中外惶怖①。时融儿大者九岁,小者八岁,二儿故琢钉戏②,了无遽容③。融谓使者曰:"冀罪止于身,二儿可得全不?"儿徐进曰:"大人岂见覆巢之下,复有完卵乎④?"寻亦收至。

【注释】

①"孔融"句:这里叙述孔融被曹操逮捕一事。中外:指朝廷内外。

②琢钉戏:一种小孩玩的游戏。

③了:完全。遽(jù)容:恐惧的脸色。

④大人:对父亲的敬称。完:完整。按:这句话比喻主体倾覆,依附的东西不能幸免,必受株连。

【译文】

孔融被抓时,朝廷内外都感到惊恐。那时,孔融的大儿子才九岁,小儿子八岁,两个孩子依旧在玩琢钉戏,一点儿也没有恐惧的样子。孔融对前来逮捕他的使者说:"希望惩罚只限于我自己,两个孩子能不能保全性命呢?"这时,儿子从容地上前说:"父亲难道看见过打翻的鸟巢下面还有完整的蛋吗?"不久,来拘捕两个儿子的使者也到了。

六

【原文】

颍川太守髡陈仲弓①。客有问元方:"府君何如?"元方曰:"高明之君也。""足下家君何如?"曰:"忠臣孝子也。"客曰:"《易》称:'二人同心,其利断金;同心之言,其臭如兰②。'何有高明之君而刑忠臣孝子者乎?"元方曰:"足下言何其③谬也!故不相答。"客曰:"足下但因伛为恭④,而不能答。"元方曰:"昔高宗放孝子孝己,尹吉甫放孝子伯奇,董仲舒放孝子符起⑤。唯此三君,高明之君;唯此三子,忠臣孝子。"客惭而退。

【注释】

①髡(kūn):古代一种剃去男子头发的刑罚。陈仲弓:参《德行》第六则注①。陈寔被捕两次,一次是在任太丘长后,因逮捕党人,牵连到他,后遇赦放出。

②"二人"四句:这两句用来说明高明之君和忠臣孝子是同心的、一致的。金,金属。臭(xiù),气味。

③何其:怎么这么。表示程度很深。

④"足下"句:这句话是说元方回答不了,就说不值得回答,正好比一个驼背的人直不起腰来,却假装是对人表示恭敬才弯下腰一样。

⑤孝己:殷代君主高宗武丁的儿子,他侍奉父母最孝顺,后来

高宗受后妻的迷惑，把孝己放逐致死。伯奇：周代的卿士（王朝执政官）尹吉甫的儿子，侍奉后母孝顺，却受到后母诬陷，被父亲放逐。符起：其事不详。

【译文】

颍川太守判了陈仲弓髡刑。有位客人就问陈仲弓的儿子元方说："太守这个人怎么样？"元方答道："他是个高尚、明智的人。"又问："您父亲怎么样？"元方说："他是个忠臣孝子。"那位客人说："《易经》上说：'两个人同一条心，就像一把钢刀，锋利的刀刃能斩断金属；同一个心思的话，它的气味像兰花一样芳香。'那么，怎么会有高尚明智的人惩罚忠臣孝子的事呢？"元方说："您的话怎么这样荒谬啊！因此我不回答您。"客人说："您不过是拿驼背当作恭敬，其实是不能回答。"元方说："从前高宗放逐了孝子孝己，尹吉甫放逐了孝子伯奇，董仲舒放逐了孝子符起。这三个做父亲的，恰恰都是高尚明智的人；这三个做儿子的，恰恰都是忠臣孝子。"客人很羞愧，就退走了。

七

【原文】

荀慈明与汝南袁阆相见，问颍川人士，慈明先及诸兄。阆笑曰："士但可因①亲旧而已乎？"慈明曰："足下相难，依据者何经②？"阆曰："方问国士③，而及诸兄，是以尤④之耳！"慈明曰："昔者祁奚⑤内举不失其子，外举不失其仇，以为至公。公旦《文王》之诗，不论尧、舜之德而颂文、武者，亲亲之义也⑥。《春秋》之义，内其国而外诸夏⑦。且不爱其亲而爱他人者，不为悖德⑧乎？"

【注释】

①因：依靠。

②经：常规，原则。

③国士：全国推崇的才德之士。

④尤：指责，责问。

⑤祁奚：春秋时代晋国人，任中军尉（掌管军政的长官）。祁奚告老退休，晋悼公问他接班人的人选，他推荐了他的仇人解狐。刚要任命，解狐却死了。晋悼公又问祁奚，祁奚推荐自己的儿子祁午。大家称赞祁奚能推荐有才德的人。

⑥公旦：周公旦。周公，姓姬，名旦，是周武王的弟弟，周成王的叔父，辅助周成王。《文王》：指《诗经·大雅·文王之什》，包括《文王》《大明》等十篇，分别歌颂文王、武王之德。作者无考。《文王》一篇，有人以为是周公所作。亲亲：爱亲人。

⑦《春秋》：儒家经典之一，是春秋时代鲁国的史书，也是我国第一本编年体史书。诸夏：古时指属于汉民族的各诸侯国。

⑧悖（bèi）德：违背道德。

【译文】

荀慈明和汝南郡袁阆见面时，袁阆问颍川郡周围有哪些才德之士，慈明首先想到了自己的几位兄长。袁阆讥笑他说："才德之士只能靠亲朋故旧来扬名吗？"慈明说："您责备我，依据什么原则？"袁阆说："我刚才问国士，你却谈自己的诸位兄长，因此我才责问你呀！"慈明说："从前祁奚在推荐人才时，对内不忽略自己的儿子，对外不忽略自己的仇人，人们认为他是最公正无私的。周公旦作《文王》时，不去叙说远古帝王尧和舜的德政，却歌颂周文王、周武王，这是符合爱亲人这一大义的。《春秋》记事的原则是：把本国看成亲的，把诸侯国看成疏的。再说不爱自己的亲人而爱别人的人，岂不是违反了道德准则吗？"

八

【原文】

祢衡被魏武谪为鼓吏①，正月半试鼓②，衡扬枹为《渔阳掺挝》③，渊渊有金石声④，四坐为之改容。孔融曰："祢衡罪同胥靡⑤，不能发明王之梦。"魏武惭而赦之。

【注释】

①祢（mí）衡：汉末建安时人，孔融曾向魏王曹操推荐他，曹操想接见他，他不肯去见，而且有不满言论。曹操很生气，想羞辱他，便派他做鼓吏（击鼓的小吏）。魏武：曹操，初封魏王，死后谥为武。其子曹丕登帝位建立魏国后，追尊其为武帝。谪：降职。

②月半试鼓：《文士传》记载此事时说："后至八月朝会，大阅试鼓节。"

③枹（fú）：鼓槌。《渔阳掺挝（càn zhuā）》：鼓曲名，也作《渔阳参挝》。掺，通"叁"，即三。挝，鼓槌。三挝，指鼓曲的曲式为三段体，犹如古曲中有三弄、三叠之类。此曲为祢衡所创，取名渔阳，是借用东汉时彭宠据渔阳反汉的故事。彭宠据幽州渔阳反，攻陷蓟城，自立为燕王，后被手下的人杀死。祢衡击此鼓曲，有讽刺曹操反汉的意思。

④渊渊：形容鼓声深沉。金石：指钟磬一类乐器。

⑤胥（xū）靡：轻刑名，指服劳役的囚徒。据原注，商朝君主武丁梦见上天赐给他一个贤人，就令百工画出其相貌去寻找，果然找到一个正在服劳役的囚徒，后来成为商代贤相。

【译文】

祢衡被魏武帝曹操罚去做鼓吏，正巧八月中大会宾客的时候要检验鼓的音节，祢衡挥动鼓槌奏《渔阳掺挝》曲，鼓声深沉，有金石之音，满座的人都为之动容。孔融说："祢衡的罪和那个胥靡相同，只是不能引发英明魏王的梦。"魏武帝听了很惭愧，就赦免了祢衡。

九

【原文】

南郡庞士元闻司马德操①在颍川，故②二千里候之。至，遇德操采桑，士元从车中谓曰："吾闻丈夫处世，当带金佩紫③，焉有屈洪流之量④，而执丝妇之事。"德操曰："子且下车。子适知邪径⑤之速，不虑失道之迷。昔伯成耦耕⑥，不慕诸侯之荣；原宪⑦桑枢，不易有官之宅。何有坐则华屋，行则肥马，侍女数十，然后为奇？此乃许、父所以慷慨，夷、齐所以长叹⑧。虽有窃秦之爵，千驷之富⑨，不足贵也。"士元曰："仆生出边垂⑩，寡见大义。若不一叩洪钟、伐雷鼓⑪，则不识其音响也。"

【注释】

①庞士元：庞统，字士元，东汉末襄阳人，曾任南郡功曹（能

参与一郡的政务），年轻时曾去拜会司马德操，德操很赏识他，称他为凤雏。后从刘备。司马德操：司马徽，字德操。曾向刘备推荐诸葛亮和庞统。

②故：特地。

③带金佩紫：带金印佩紫绶带，指做大官。

④洪流之量：比喻才识气度很大。

⑤邪径：斜径，小路。

⑥伯成：伯成子高。据说尧做君主时，伯成子高被封为诸侯。后来禹做了君主，伯成认为禹不讲仁德，只讲赏罚，就辞去诸侯，回家种地。耦耕：古代的一种耕作方法，即两人各扶一张犁，并肩而耕。后泛指务农。

⑦原宪：孔子弟子，字子思。据说，他在鲁国的时候，很穷，住房破破烂烂，用桑树枝做门上的转轴。他不求舒适，照样弹琴唱歌。

⑧许、父：许由、巢父。巢父是许由的朋友，尧也想把帝位让给他，他不肯接受。夷、齐：伯夷、叔齐，商代孤竹君的两个儿子。孤竹君死，兄弟俩互相让位，不肯继承，结果都逃走了。后来周武王统一天下，两人因反对周武王讨伐商纣，不肯吃周朝的粮食，饿死在首阳山。所以：相当于"……的原因"。

⑨窃秦：据说，战国末年，吕不韦把一个怀孕的妾献给秦王子楚，生秦始皇嬴政。嬴政登位后，尊吕不韦为相国，号称仲父，这就是所谓窃秦。千驷之富：古时候用四匹马驾一辆车，同拉一辆车的四匹马叫驷。千驷，指有一千辆车，四千匹马。《论语·季氏》说：齐景公有四千匹马，可是死了以后，人们觉得他没有什么德行值得称赞。

⑩边垂：即边陲，边疆。

⑪"若不"句：以此喻不加叩问，就不能认识司马德操的胸怀，而使自己得到教益。洪钟，大钟。伐，敲打。雷鼓：鼓名，古时祭天神时所用的鼓。

【译文】

当南郡庞士元得知司马德操住在颍川,特意走了两千里路去拜访他。到了那里,看见德操正在采摘桑叶,士元就在车里对德操说:"我听说大丈夫处世,就应该做大官,办大事,哪有压抑长江大河的流量,去做蚕妇的事。"德操说:"您姑且下车来。您只知道走小路快,却不担心迷路。从前伯成宁愿回家种地,也不羡慕做诸侯的荣耀;原宪宁愿住在破屋里,也不愿换住达官的住宅。哪里有住就要住在豪华的宫室里,出门就必须肥马轻车,左右要有几十个婢妾侍候,然后才算是与众不同的呢?这正是隐士许由、巢父感慨的原因,也是清廉之士伯夷、叔齐长叹的来由。就算有吕不韦那样的官爵,有齐景公那样的富有,也是不值得尊敬的。"士元说:"我出生在边远偏僻的地方,很少见识到大道理。如果不叩击一下大钟、雷鼓,那就不知道它的音响是这般宏壮啊。"

一〇

【原文】

刘公干以失敬罹罪①。文帝问曰:"卿何以不谨于文宪②?"桢答曰:"臣诚庸短,亦由陛下③网目④不疏。"

【注释】

①刘公干:刘桢,字公干,著名诗人,"建安七子"之一。曾随侍曹操的儿子曹丕(后即位,为魏文帝)。在一次宴会上,曹丕让夫人甄氏出来拜客,座上客人多拜伏在地,独独刘桢平视,这就是失

敬。后来曹操知道了,把他逮捕下狱,判罚做苦工。按:刘桢获罪一事,发生在曹操当权时期,这里说成曹丕即帝位后,不确。罹(lí):遭受。

②文宪:法纪。

③庸短:平庸浅陋。陛(bì)下:对君主的敬称。

④网目:法网。按:这里说"网目不疏",实际是法网过密的婉辞。

【译文】

刘桢由于失敬而遭到判刑。魏文帝问他:"你为什么不注意遵纪守法呢?"刘桢回答说:"臣确实平庸浅陋,但也是由于陛下法网不够稀疏。"

——

【原文】

钟毓、钟会①少有令誉②。年十三,魏文帝闻之,语其父钟繇③曰:"可令二子来!"于是敕④见。毓面有汗,帝曰:"卿面何以汗?"毓对曰:"战战惶惶⑤,汗出如浆⑥。"复问会:"卿何以不汗?"对曰:"战战栗栗⑦,汗不敢出。"

【注释】

①钟毓(yù)、钟会:二人是兄弟俩。钟毓,字稚叔,小时候就很机灵,十四岁任散骑侍郎,后升至车骑将军。钟会,字士季,小时候也很聪明,被看成是非常人物,后累迁镇西将军、司徒,因谋

划反帝室，被杀。

②令誉：美好的声誉。

③钟繇（yáo）：任相国职。

④敕（chì）：皇帝的命令。

⑤战战惶惶：害怕得发抖。

⑥浆：凡较浓的液体都可叫作浆。

⑦战战栗栗：害怕得发抖。

【译文】

少年时的钟毓、钟会兄弟俩就有着好名声。在钟毓十三岁时，魏文帝听说过他俩的聪慧名声，便对他们的父亲钟繇说："可以叫两个孩子来见我！"于是下令赐见。进见时钟毓脸上有汗，文帝问道："你脸上为什么出汗？"钟毓回答说："战战惶惶，汗出如浆。"文帝又问钟会："你为什么不出汗？"钟会回答说："战战栗栗，汗不敢出。"

一二

【原文】

钟毓兄弟小时，值父昼寝，因共偷服药酒①。其父时觉，且托寐②以观之。毓拜而后饮，会饮而不拜。既而问毓何以拜，毓曰："酒以成礼，不敢不拜。"又问会何以不拜，会曰："偷本非礼，所以不拜。"

【注释】

①"钟毓"句：这一则故事与本篇孔文举二子偷酒事略同，大

概是同一件事，只是传闻各异。因，于是，就。

②托寐（mèi）：假装睡着了。

【译文】

钟毓兄弟俩小时候，有一次父亲正在家中睡觉，他俩一块儿去偷药酒喝。这时父亲已经睡醒了，继续装睡，想弄清他兄弟俩准备做什么。钟毓行过礼才喝，钟会只喝不行礼。过了一会儿，他父亲起来问钟毓为什么行礼，钟毓说："酒是完成礼仪用的，我不敢不行礼。"又问钟会为什么不行礼，钟会说："偷酒喝本来就不合于礼，因此我不行礼。"

一三

【原文】

魏明帝为外祖母筑馆于甄氏①，既成，自行视，谓左右曰："馆当以何为名？"侍中缪袭曰："陛下圣思齐于哲王②，罔极过于曾、闵③。此馆之兴，情钟舅氏，宜以'渭阳'为名④。"

【注释】

①魏明帝：即曹叡（ruì），文帝曹丕的儿子。馆：华丽的房屋。甄氏：明帝的母亲姓甄，这里指甄家。

②圣思：皇帝的思虑。哲王：贤明的君主。

③罔极：无极，无穷无尽。这里用《诗经·小雅·蓼莪》"欲报之德，昊天罔极"之意，指父母的恩德像天那样无穷无尽，难以报答。曾、闵（mǐn）：曾指曾子，名参（shēn）；闵指闵子骞。两人

都是孔子的学生，是古时著名的孝子。

④钟：集中。渭阳：渭水北边。语出《诗经·秦风·渭阳》："我送舅氏，曰至渭阳（我送舅舅，送到渭水北边）。"这首诗据说是春秋时秦康公为送别舅舅（晋文公重耳）而作的，后人以此说明舅甥之情。明帝之母甄氏被文帝曹丕赐死，明帝为舅家建馆，也是为纪念亡母，因此缪袭以为应该根据这两句诗的意思来起名。按：《魏书》记载，魏明帝给舅母修了一所楼馆，并不是给外祖母修的。

【译文】

魏明帝为外祖母修建了一处华丽的宅子，全部建成后，便亲自前去察看，并且问随从的人："这处宅子应该起个什么名字呢？"侍中缪袭说："陛下的思虑和贤明的君主一样周到，报恩的孝心超过了曾参、闵子骞。这处府第的兴建，感情专注于舅家，应该用'渭阳'来做它的名字。"

一四

【原文】

何平叔①云："服五石散，非唯治病，亦觉神明开朗。"

【注释】

①何平叔：何晏，字平叔，曹操的女婿，曹爽执政时任吏部尚书，后被司马懿杀了。五石散是何晏最早吃的，后来士大夫们都跟着吃，形成一种风气。

【译文】

何平叔说:"服食五石散,不仅仅能治病,还觉得精神很清爽。"

一五

【原文】

嵇中散语赵景真①:"卿瞳子白黑分明,有白起②之风,恨③量小狭。"赵云:"尺表能审玑衡之度④,寸管⑤能测往复之气。何必在大,但问识如何耳。"

【注释】

①嵇中散:嵇康,见《德行》第十六则注①。赵景真:赵至,字景真,有口才,曾任辽东郡从事,主持司法工作,以清当见称。

②白起:战国时秦国的名将,封武安君。据说他的瞳子白黑分明。人们认为,这样的人一定见解高明。

③恨:遗憾。

④尺表:是表度量的单位,只是形容其短。表,用来观测天象的一种标杆。玑衡:古代测量天象的仪器,即浑天仪。

⑤管:指古代用来校正乐律的竹管。

【译文】

中散大夫嵇康对赵景真说:"你的眼睛黑白分明,有白起那样的风度,遗憾的是眼睛狭小些。"赵景真说:"一尺长的表尺就能审定浑天仪的度数，一寸长的竹管就能测量出乐音的高低。何必在乎大不大呢，只问识见怎么样就是了。"

一六

【原文】

司马景王东征，取上党李喜以为从事中郎①。因问喜曰："昔先公辟君不就②，今孤③召君，何以来？"喜对曰："先公以礼见待，故得以礼进退④；明公以法见绳⑤，喜畏法而至耳。"

【注释】

①司马景王：司马师，三国时魏人，司马懿的儿子，封长平乡侯，曾任大将军，辅助齐王曹芳，后又废曹芳，立曹髦（máo）。毌（guàn）丘俭起兵反对他，被他打败。这里说的东征，就是指的这件事。晋国建立，追尊司马师为景王。后来晋武帝司马炎上尊号为景帝。李喜：字季和，上党郡人。司马懿任相国时，召他出来任职，他托病推辞。下文说的"先公辟君不就"，就是指这件事。从事中郎：官名，大将军府的属官，参与谋议等事。

②先公：称自己或他人的亡父。辟：征召。就：到。

③孤：侯王的谦称。

④进退：指出来做官或辞官。

⑤明公：对尊贵者的敬称。绳：约束。

【译文】

司马景王东征时，选举上党的李喜来任从事中郎。李喜任职后,他问李喜:"从前先父召您任事,您不肯到任;现在我召您来,为什么肯来呢?"李喜回答说:"当年令尊以礼相待,所以我能按礼节来决定进退;现在明公用法令来限制我,我只是害怕犯法才来的呀。"

一七

【原文】

邓艾口吃,语称"艾艾"①。晋文王戏之曰:"卿云'艾艾',定是几艾?"对曰:"'凤兮凤兮'②,故是一凤。"

【注释】

①邓艾:三国时魏人,司马懿召为属官,伐蜀有功,封关内侯;后任镇西将军,又封邓侯。艾艾:古代和别人说话时,多自称名。邓艾因为口吃,自称时就会连说"艾艾"。

②凤兮凤兮:语出《论语·微子》,说是楚国的接舆走过孔子身旁的时候唱道:"凤兮凤兮,何德之衰……"(凤啊凤啊,为什么德行这么衰微……)这里以凤比喻孔子。邓艾引用来说明,虽然连说"凤兮凤兮",但只是指一只凤;自己说"艾艾",也只是一个艾罢了。

【译文】

邓艾说话时有些结巴,经常重复说"艾艾"。晋文王与他开玩笑说:"你说'艾艾',到底是几个艾?"邓艾回答说:"'凤兮凤兮',依旧只是一只凤。"

一八

【原文】

嵇中散既被诛,向子期举郡计入洛①,文王引进②,问曰:"闻君有箕山③之志,何以在此?"对曰:"巢、许狷介④之士,不足多慕⑤!"王大咨嗟⑥。

【注释】

①向子期:向秀,字子期,和嵇康很友好,标榜清高。嵇康被杀后,他便改变初衷,出来做官。到京城后,去拜访大将军司马昭。这里记的就是他和司马昭的一段对话。郡计:计是计簿、账簿,列上郡内众事的。按:汉制,每年年末,太守派遣掾、吏各一人为上计簿使,呈送计簿到京都汇报。

②引进:推荐。

③箕山:山名,在今河南省登封市东南。尧时巢父、许由在箕山隐居。这里说箕山之志,就是指归隐之志。

④狷(juàn)介:孤高,洁身自好。

⑤多慕:称赞,羡慕。

⑥咨嗟:赞叹。

【译文】

中散大夫嵇康被杀之后,向子期要去往京都洛阳呈送郡国账簿,司马文王推荐了他,并问他:"听说您有意隐居不出,为什么到了京城?"向子期回答说:"巢父、许由是孤高傲世的人,不值得称赞、羡慕!"文王听了,大为叹赏。

一九

【原文】

晋武帝始登阼①,探策②得一。王者世数③,系此多少。帝既不说,群臣失色,莫能有言者。侍中裴楷进曰:"臣闻天得一以清,地得一以宁,侯王得一以为天下贞④。"帝说,群臣叹服。

【注释】

①晋武帝:司马炎,夺魏国政权而称帝。登阼(zuò):登上帝位。阼,大堂前东边的台阶。帝王登上阼阶来主持祭祀,所以也用"阼"来指帝位。

②策:古代占卜用的蓍(shī)草。帝王登位时,靠占卜来预测帝位能传多少代。

③世数:指帝位传承多少世代的数目。

④"天得一"三句:引自《老子》三十九章。有的本子"贞"作"正",二字意义皆通。《老子》所谓一,是指它所说的道,以为天地侯王都是来源于道,有了道,才能存在。

【译文】

刚刚登基的晋武帝,曾经用蓍草占卜,得到一。他想要推断帝位能传多少代,就在于这个数目的多少。因为只得到一,武帝很不高兴，群臣也吓得脸色发白，没人敢出声。这时，侍中裴楷进言道："臣听说，天得到一就清明，地得到一就安宁，侯王得到一就能做天下的中心。"武帝一听，高兴了，群臣都赞叹而且佩服裴楷。

二〇

【原文】

满奋①畏风。在晋武帝坐，北窗作琉璃屏②，实密似疏，奋有难色。帝笑之。奋答曰："臣犹吴牛③，见月而喘。"

【注释】

①满奋：字武秋，曾任尚书令、司隶校尉。
②琉璃屏：琉璃窗扇。
③吴牛：吴地的牛，指江、淮一带的水牛。据说，水牛怕热，太阳晒着就喘息。看见月亮也以为是太阳，就喘起来。比喻生疑心就害怕。

【译文】

满奋比较怕风。有一次在晋武帝旁边侍坐，北面的窗户是琉璃窗，看起来像透风似的，实际很严实，满奋面有难色。武帝笑他，满奋回答说："臣好比是吴地的牛，看见月亮就喘起来了。"

二一

【原文】

诸葛靓①在吴,于朝堂②大会,孙皓问:"卿字仲思,为何所思?"③对曰:"在家思孝,事君思忠,朋友思信。如斯④而已!"

【注释】

①诸葛靓(jìng):字仲思,他父亲诸葛诞反司马氏,被司马昭杀害。他入吴国,任右将军、大司马。吴亡,逃匿不出。
②朝堂:皇帝议政的地方。
③孙皓:吴国末代君主。"卿字"二句:仲思的"思",字面义是思考、考虑,所以孙皓才这样问。
④如斯:如此,这样。

【译文】

诸葛靓在吴国有一次参加朝堂大会,孙皓问他:"你字仲思,是思考什么呢?"诸葛靓回答说:"在家思尽孝,侍奉君主思尽忠,和朋友交往思诚实。不过是这些罢了!"

二二

【原文】

蔡洪①赴洛。洛中人问曰:"幕府②初开,群公辟命③,求英奇于仄陋，采贤俊于岩穴④。君吴楚⑤之士，亡国⑥之余，有何异才而应斯举？"蔡答曰："夜光之珠，不必出于孟津⑦之河；盈握之璧⑧，不必采于昆仑⑨之山。大禹生于东夷⑩，文王生于西羌⑪，圣贤所出，何必常处⑫？昔武王伐纣⑬，迁顽民于洛邑，得无诸君是其苗裔乎⑭？"

【注释】

①蔡洪：字叔开，吴郡人，原在吴国做官，吴亡后入晋，被认为是才华出众的人。西晋初年太康年间，由本州举荐为秀才，到京都洛阳。

②幕府：原指将军的官署，也用来指军政大员的官署。

③群公：众公卿，指朝廷中的高级官员。辟命：征召。

④"求英"二句：这两句意思是差不多的，只是要造成对偶句，增强文采。仄陋，指出身贫贱的人。采，搜求。岩穴，山中洞穴，这里指隐居山中的隐士，也可以泛指山野村夫。

⑤吴楚：春秋时代的吴国和楚国。两国都在南方，所以也泛指南方。

⑥亡国：灭亡了的国家，这里指三国时吴国，公元280年为西晋所灭。

⑦夜光之珠：即夜明珠，是春秋时代隋国国君的宝珠，又叫隋侯珠，或称隋珠，传说是一条大蛇从江中衔来的。孟津：渡口名，在今河南省孟州市南。周武王伐纣时和各国诸侯在这里会盟，是一个有名的地方。

⑧盈握：满满一把。这里形容大小。璧：中间有孔的圆形玉器。

⑨昆仑：古代盛产美玉的山。

⑩大禹：夏代第一个君主，传说曾治平洪水。东夷：我国东部的各少数民族。

⑪文王：周文王，殷商时一个诸侯国的国君，封地在今陕西一

带。西羌：我国西部的一个民族。按：这里暗指大禹、文王都不是中原一带的人。

⑫常处：固定的地方。

⑬"昔武王"句：周武王灭了殷纣以后，把殷的顽固人物迁到洛水边上，派周公修建洛邑安置他们。战国以后，洛邑改为洛阳。

⑭得无：莫非。表示揣测。苗裔（yì）：后代。

【译文】

蔡洪到了洛阳后，洛阳城的人问他："官府设置不久，众公卿征召人才，要在平民百姓中寻求才华出众的人，在山林隐士中寻访才德高深之士。先生是南方人士，亡国遗民，有什么特出才能，敢来接受这一选拔？"蔡洪回答说："夜光珠，不一定都出在孟津一带的黄河中；满把大的璧玉，不一定都从昆仑山开采来。大禹出生在东夷，周文王出生在西羌，圣贤的出生地，为什么非要在某个固定的地方呢？从前周武王打败了殷纣，把殷代的愚顽百姓迁移到洛邑，莫非诸位先生就是那些人的后代吗？"

二三

【原文】

诸名士共至洛水戏，还，乐令问王夷甫①曰："今日戏，乐乎？"王曰："裴仆射善谈名理②，混混有雅致③；张茂先④论《史》《汉》，靡靡⑤可听；我与王安丰说延陵、子房⑥，亦超超玄著⑦。"

【注释】

①乐令:乐广,字彦辅,累迁河南尹、尚书右仆射,后任尚书令,故称乐令。王夷甫:王衍,字夷甫,曾任太尉。

②裴仆射:裴颜(wěi),字逸民,历任侍中、尚书左仆射。名理:考核名实,辨别、分析事物是非。道理之学,是魏晋清谈的主要内容。

③混混:滚滚,形容说话滔滔不绝。雅致:高雅的情趣。

④张茂先:张华,字茂先,博览群书,晋武帝时任中书令,封广武侯。

⑤靡靡:娓娓动听的样子。

⑥王安丰:王戎,封安丰侯。见《德行》第十七则注①。延陵:今江苏常州市武进区,这里以地代人。春秋时吴王寿梦的少子季礼封在这里,称为延陵季子。有贤名,吴王欲立之,辞不受。子房:张良,字子房。战国时韩国人,秦灭韩,张良以全部家产求刺客刺秦王。后帮助刘邦击败项羽,封为留侯。按:以上所及人、事,都是当日清谈的内容。

⑦超超玄著:指议论超尘拔俗,奥妙透彻。

【译文】

当名士们从洛水边游玩回来的时候,尚书令乐广问王夷甫:"今天玩得开心吗?"王夷甫说:"裴仆射擅长谈名理,滔滔不绝,意趣高雅;张茂先谈《史记》《汉书》,娓娓动听;我和王安丰谈论延陵、子房,也极为奥妙、透彻,超尘拔俗。"

二四

【原文】

王武子、孙子荆①各言其土地人物之美。王云:"其地坦而平,其水淡而清,其人廉且贞。"孙云:"其山嶵巍以嵯峨②,其水㳌渫③而扬波,其人磊砢而英多④。"

【注释】

①王武子:王济,字武子,太原晋阳人,历任中书郎、太仆。孙子荆:孙楚,字子荆,太原中都人,仕至冯翊太守。

②嶵(zuǐ)巍:山险峻的样子。嵯峨(cuó é):形容山势高峻。

③㳌渫:浃渫(jiā xiè),水波连续的样子。

④磊砢(lěi luǒ):形容人才卓越众多。英多:杰出众多。按:以上几句描写人和物多用两个形容词,而两词意义都是相近的。

【译文】

王武子和孙子荆各自说着自己家乡的土地、人物的出色之处。王武子说:"我们家乡的土地坦而平,家乡的水淡而清,家乡的人廉洁又公正。"孙子荆说:"我们家乡的山险峻巍峨,家乡的水浩荡涌波,家乡的人才杰出而众多。"

二五

【原文】

乐令女适大将军成都王颖①。王兄长沙王执权于洛,遂构兵②相图。长沙王亲近小人,远外君子,凡在朝者,人怀危惧。乐令既允朝望③,加有婚亲,群小谗于长沙。长沙尝问乐令,乐令神色自若,徐答曰:"岂以五男易一女④?"由是释然,无复疑虑。

【注释】

①成都王颖:司马颖,晋武帝第十六子,封成都王,后进位大将军。在八王之乱中,武帝第六子长沙王司马乂(yì)于公元301年入京都,拜抚军大将军。公元303年8月,司马颖等以司马乂专权,起兵讨伐。这里所述就是这一时期的事。

②构兵:出兵交战。

③允:确实。朝望:在朝廷中有声望。

④"岂以"句:意指如果依附司马颖,五个儿子就会被杀。

【译文】

尚书令乐广的女儿嫁给了大将军成都王司马颖。司马颖的哥哥长沙王正在京都洛阳掌管朝政,成都王于是起兵图谋取代他。长沙王平素亲近小人,疏远君子;凡是在朝居官的,人人感到不安和疑惧。乐广在朝廷中既确有威望,又和成都王有姻亲关系,一些小人就在长沙王跟前说他的坏话。长沙王为这事曾经查问过乐广，乐广神色很自然，从容地回答说："我难道会用五个儿子的性命去换一个女儿的性命？"长沙王从此一块石头落了地，不再怀疑和顾虑他。

二六

【原文】

陆机①诣王武子，武子前置数斛羊酪②，指以示陆曰："卿江东何以敌此③？"陆云："有千里莼羹④，但未下盐豉耳⑤。"

【注释】

①陆机：字士衡，吴郡吴县华亭（今上海市松江区）人，西晋著名作家。吴亡后入晋。后从成都王司马颖讨伐长沙王司马乂，兵败后遇害。

②斛（hú）：古代量器名，容量本一斛是十斗，后来改为五斗。酪（lào）：乳酪。

③江东：长江下游南岸地区。敌：相当。

④千里：千里湖，有说在今江苏溧阳市附近。莼（chún）羹：用莼菜、鲤鱼做主料，煮熟后加上盐豉制成的一种名菜。莼，莼菜，一种水草，嫩叶可以做汤。

⑤豉（chǐ）：豆豉。按：这句意指未下盐豉的莼羹就同羊酪相当，如果放入盐豉，羊酪就比不上了。

【译文】

陆机去拜访王武子时，正巧王武子前面摆着几斛羊奶酪，他指着给陆机看,问道:"你们江南有什么名菜能和这个相比呢?"陆机说:"我们那里有千里湖出产的莼羹可以与之比美,只是还不必放盐豉呢!"

二七

【原文】

中朝①有小儿,父病,行乞药。主人问病,曰:"患疟也。"主人曰:"尊侯明德君子②,何以病疟?"答曰:"来病君子,所以为疟耳。"

【注释】

①中朝:西晋,晋帝室南渡后称渡江前的西晋为中朝。
②尊侯:尊称对方的父亲。明德:光明的德行。当时俗传行疟的是疟鬼,形体极小,不敢使大人物得病,所以主人这样问。

【译文】

西晋的时候,有个小孩儿,父亲病了,他外出求医讨药。主人问其父的病情,他回答说:"是患疟子了。"主人问:"令尊是位德行高洁的君子,为什么会患疟子呢?"小孩儿回答说:"正因为它来祸害君子,才是疟鬼呢!"

二八

【原文】

崔正熊诣都郡,都郡将姓陈①,问正熊:"君去崔杼②几世?"答曰:"民去崔杼,如明府之去陈恒③。"

【注释】

①崔正熊:崔豹,字正熊,晋惠帝时官至太傅丞。都郡将:郡的军事长官。余嘉锡《世说新语笺疏》说:"都郡将者,以他郡太守兼都督本郡军事也。"都郡,大郡。

②去:距离。崔杼(zhù):春秋时代齐国的大夫,杀了齐国的国君齐庄公。按:这里是拿同姓开玩笑,意在取笑崔正熊是犯有杀君之罪的崔杼的后代。

③陈恒:也是春秋时代齐国的大夫,杀了国君齐简公。崔正熊针锋相对,指出都郡将的陈氏祖先也犯有杀君之罪。

【译文】

崔正熊去拜访大郡太守,郡将姓陈,他问正熊:"您距离崔杼多少代?"崔正熊回答说:"小民距离崔杼的世代,正像府君距离陈恒那样。"

二九

【原文】

元帝①始过江,谓顾骠骑②曰:"寄人国土,心常怀惭。"荣跪对曰:"臣闻王者以天下为家,是以耿、亳无定处,九鼎迁洛邑③。愿陛下勿以迁都④为念。"

【注释】

①元帝:晋元帝司马睿(ruì),原为琅邪王、安东将军。在西晋

末年的战乱中,国都失守,晋愍帝被俘。他先过江镇守建康(南京),几年后又在此登位称帝。建康原是东吴之地,江东士族的势力很大,所以有寄人国土之感。

②顾骠(piào)骑:顾荣,字彦先,吴人,吴亡后到洛阳。元帝镇守江东时任军司,加散骑常侍。死后赠骠骑将军。顾荣是江东士族,名望很大,所以元帝对他说这番话。

③耿、亳(bó):商代成汤迁国都到亳邑,祖乙又迁到耿邑,盘庚再迁回亳邑。从成汤到盘庚,共迁都五次,所以说"无定处"。九鼎:传说夏禹铸九鼎,是传国之宝,权力的象征。周武王定都镐京,却把九鼎迁到周的东都洛邑。

④迁都:指迁移镇守地。都,都邑。按:晋元帝初为琅邪王,镇守下邳,后移镇建康。移镇之初,吴地人士不靠拢他。按:顾荣死在元帝即位之前,这里不当称陛下。

【译文】

晋元帝刚到江南的时候,对骠骑将军顾荣说道:"寄居在他人国土上,心里常常感到惭愧。"顾荣跪着回答说:"臣听说帝王把天下看成家,因此商代的君主或者迁都耿邑,或者迁都亳邑,没有固定的地方。周武王也把九鼎搬到洛邑。希望陛下不要惦念着迁都的事。"

三〇

【原文】

庾公造周伯仁^①,伯仁曰:"君何所欣说而忽肥?"庾曰:"君复何所忧惨而忽瘦?"伯仁曰:"吾无所忧,直是清虚日来，滓秽日去耳②。"

【注释】

①庾公：庾亮，字元规，晋成帝之舅，成帝朝辅政，任给事中，徙中书令。造：到……去，造访。周伯仁：周𫖮（yǐ），字伯仁，袭父爵武城侯，世称周侯，曾任吏部尚书、尚书左仆射。

②直是：只是。清虚：清静淡泊。滓秽：污秽，丑恶。

【译文】

庾亮去拜访周伯仁，伯仁说："有什么事让你高兴得胖成这个样子？"庾亮说："您有什么忧伤的事情让您瘦成这个样子呢？"伯仁说："我没有什么可忧伤的，只是清静淡泊之志一天天增加，污浊的思虑一天天去掉罢了！"

三一

【原文】

过江诸人，每至美日①，辄相邀新亭②，藉卉③饮宴。周侯中坐而叹曰："风景不殊，正自有山河之异④！"皆相视流泪。唯王丞相愀然⑤变色曰："当共戮力王室，克复神州，何至作楚囚相对⑥！"

【注释】

①过江诸人：西晋末年战乱不断，中原人士相率过江避难。"过江诸人"本指这些人，这里实际却是指其中的朝廷大官、士族人士。

美日：风和日丽的日子。

②新亭：也叫劳劳亭，原是三国时吴国所筑，故址在今南京市南。

③藉卉：坐在草地上。

④"正自"句：指北方广大领土已被各族占领。正自：只是。

⑤王丞相：王导，字茂弘，晋元帝即位后任丞相。愀（qiǎo）然：形容脸色变得不愉快。

⑥戮力：并力，合力。神州：中国，这里指沦陷的中原地区。楚囚：楚国的囚犯。据《左传·成公九年》载，一个楚囚弹琴时奏南方乐调，表示不忘故旧。后来借指处境窘迫的人。

【译文】

来江南避难的人们，每逢天气晴朗的时候，总是互相邀约到新亭去，坐在草地上喝酒作乐。一次，武城侯周颉在饮宴的中途，叹着气说："这里的风景和中原没有什么不同，只是山河不一样了！"大家都你看我，我看你，凄然泪下。只有丞相王导变了脸色，说道："大家应该为朝廷齐心合力，收复中原，哪里至于像囚犯似的相对流泪呢！"

三二

【原文】

卫洗马①初欲渡江，形神惨悴，语左右云："见此芒芒②，不觉百端③交集。苟未免有情④，亦复谁能遣此！"

【注释】

①卫洗（xiǎn）马：卫玠（jiè），字叔宝，任太子洗马（太子的属官），后移家渡江到豫章郡。

②芒芒：茫茫，形容辽阔，没有边际。这里由茫茫长江，引起家国之忧，身世之感。

③端：头绪。

④未免有情：未能免除"有情"。

【译文】

太子洗马卫玠刚要渡江，忽然面容憔悴，神情凄惨，对随从的人说："看着这茫茫大江之水，不觉百感交集。只要还有点感情，谁又能排遣得了这种忧伤！"

三三

【原文】

顾司空①未知名，诣王丞相。丞相小极②，对之疲睡③。顾思所以叩会④之，因谓同坐曰："昔每闻元公道公协赞中宗⑤，保全江表⑥。体小不安，令人喘息⑦。"丞相因觉，谓顾曰："此子珪璋特达⑧，机警有锋。"

【注释】

①顾司空：顾和，字君孝。王导任扬州刺史时，召他为从事。累迁尚书令。死后追赠司空。

②极：疲乏。

③疲睡：打瞌睡。

④叩会：询问，会见。

⑤元公：指顾荣，他是顾和的族叔。顾荣死后，谥号为元，所以称为元公。中宗：晋元帝的庙号。按：顾和初出仕是在元帝时，还不可能有元帝的庙号。

⑥江表：长江之外，即江南。

⑦喘息：呼吸急促，比喻焦急不安。

⑧珪璋特达：珪和璋是玉器，是诸侯朝见天子时所用的重礼。用珪和璋时可以单独送达，不须加上别的礼品为辅。后用来比喻有才德的人不用别人推荐也会有成就。

【译文】

司空顾和还没有出名的时候，有一次去拜访丞相王导。王导显得有些疲乏，当着他的面打起了瞌睡。顾和考虑着怎样才能和王导见面并请教他，便对同座的人说："过去常常听元公谈论王公辅佐中宗，保全了江南。现在王公贵体不太舒适，真叫人焦急不安。"王导听见他说话，便醒来了，对在座的人评论顾和说："这个人才德可贵，很机警，词锋犀利。"

三四

【原文】

会稽贺生①，体识②清远，言行以礼。不徒东南之美，实为海内之秀③。

【注释】

①贺生：贺循，字彦先，会稽郡人，曾任吴国内史、太子太傅。生，对读书人的称呼。

②体识：禀性见识。

③"不徒"二句：《晋书·顾和传》载，这两句是王导称赞顾和的话。可能《世说新语》另有所本。不徒，不只。

【译文】

会稽郡贺循，这个人禀性清纯，见识高深，言语行动都合乎礼。他不只是东南地区的杰出人物，也是国内的优秀人才。

三五

【原文】

刘琨虽隔阂寇戎①，志存②本朝，谓温峤③曰："班彪识刘氏之复兴，马援知汉光之可辅④。今晋祚⑤虽衰，天命未改⑥。吾欲立功于河北，使卿延誉⑦于江南，子其行乎？"温曰："峤虽不敏，才非昔人，明公以桓、文之姿，建匡立之功⑧，岂敢辞命⑨！"

【注释】

①刘琨：字赵石，封广武侯，西晋末年，出任并州刺史，都督并、冀、幽三州军事，有志辅佐帝室，平定北方。同年，京都失陷，次年司马睿在江南称晋王，这时刘琨仍在北方，便派下属温峤到建

康上表劝进。寇戎：入侵的外族。戎，我国西部少数民族。西晋末诸王侯争权，互相攻伐，北部和西部各族也乘机侵入中原。

②存：思念。

③温峤（qiáo）：字太真，在刘琨手下任右司马（军府的官职，综理一府之事）。

④班彪：汉代人，开始时追随隗嚣，隗嚣想叛离汉光武帝刘秀，班彪曾反对。后追随窦融，融初依附淮阳王，班彪为他谋划归附汉光武帝。复兴：衰落后再度兴旺起来。西汉末王莽篡位，改国号为新。后来刘秀即位，定都洛阳，汉室复兴。马援：汉代人，封新息侯，拜伏波将军，辅佐汉光武帝，南征北伐，屡建战功。

⑤晋祚：晋王朝的国统。

⑥"天命"句：封建统治者认为皇帝是由上天的意志安排的，这叫天命。

⑦延誉：传播美名。

⑧桓、文：齐桓公、晋文公，都是春秋时代诸侯国的霸主。姿：天资，才能。匡立：辅助帝室，扶立天子。《晋书·温峤传》作"匡合"，就是用齐桓公九合诸侯，一匡天下之意。

⑨辞命：不接受命令。

【译文】

刘琨被入侵者阻隔在黄河以北的时候，他心中还时时不忘朝廷。他对温峤说："班彪认识到刘氏王室能够复兴，马援知道汉光武帝可以辅佐。现在晋室的国运虽然衰微，可是天命还没有改变。我想在黄河以北建功立业，而且想让你在江南扬名，你大概会去吧？"温峤说："我虽然不聪敏，才能也比不上前辈，可是明公想用齐桓、晋文那样的才智，建立救国中兴的功业，我怎么敢不受命呢！"

三六

【原文】

温峤初为刘琨使来过江。于时江左营建始尔①,纲纪②未举。温新至,深有诸虑。既诣王丞相,陈主上幽越③、社稷④焚灭、山陵⑤夷毁之酷,有黍离⑥之痛。温忠慨⑦深烈,言与泗⑧俱,丞相亦与之对泣。叙情既毕,便深自陈结,丞相亦厚相酬纳⑨。既出,欢然言曰:"江左自有管夷吾⑩,此复何忧!"

【注释】

①始尔:开始,"尔"是词缀。

②纲纪:国家的法制。

③主上:皇帝,这时指晋愍(mǐn)帝司马邺。建兴四年(公元316年)八月刘曜围长安,晋愍帝投降并被赶到平阳。建兴六年(公元318年)二月,愍帝被杀。幽越:流亡监禁。

④社稷:古代帝王、诸侯所祭的土神和谷神。后也借用来泛指国家。

⑤山陵:皇帝的坟墓。

⑥黍离:《诗经·王风》篇名。据说周王室迁到东都洛阳以后,有人到西部,看到原来的宗庙宫室已经被毁为平地,种上了黍稷,哀怜周王室日渐衰微,心里忧伤,便作了这首诗。

⑦忠慨:忠诚愤慨。

⑧泗(sì):鼻涕。

⑨酬纳:接纳。

⑩管夷吾：字仲，春秋时代齐国人，齐桓公的宰相，辅助齐桓公成为霸王。

【译文】

温峤刚到江南来出任刘琨的使节。这时江南的政权建立工作刚着手，法纪还没有制定，社会秩序还不稳定。温峤初到之时，对江南的各种情况很是担忧。他去拜访丞相王导，诉说晋帝被囚禁流放、社稷宗庙被焚烧、先帝陵墓被毁坏的酷烈情况，表现出亡国的哀痛。温峤忠诚愤慨的感情深厚激烈，边说边哭，王导也随着他一起流泪。温峤叙述完实际情况以后，就真诚地诉说结交之意，王丞相也深情地接纳他的心愿。出来以后，他高兴地说："江南自有管夷吾那样的人，这还担心什么呢！"

三七

【原文】

王敦兄含为光禄勋①。敦既逆谋，屯据南州，含委职奔姑孰②。王丞相诣阙谢③。司徒、丞相、扬州官僚问讯④，仓卒⑤不知何辞。顾司空时为扬州别驾⑥，援翰⑦曰："王光禄远避流言，明公蒙尘路次⑧，群下不宁，不审尊体起居何如⑨？"

【注释】

①王敦：晋室东迁，与堂兄弟王导一起辅佐晋元帝，任大将军、荆州刺史，镇守武昌。公元322年以武昌起兵谋反，入建康。当时晋元帝命王导为前锋大都督抵抗王敦。后元帝任王敦为丞相，他伪

辞不受，始返武昌。光禄勋：官名，掌管皇帝宿卫侍从。

②委职：弃职，离开职位。姑孰：古城名，东晋时始筑，又名南洲（州），故址在今安徽省当涂县。

③"王丞"句：王敦谋反，王导天天领着家里子弟到朝廷待罪。

④"司徒"句：王敦叛变时，王导为司空、扬州刺史。晋明帝时调为司徒，晋成帝时任丞相，所以这里说有司徒、丞相府的官僚，疑误。官僚：官属，官府所统属的官吏。

⑤仓卒（cù）：匆忙。

⑥别驾：官名，刺史的属官，职务是随刺史外出视察的。

⑦翰：笔。

⑧蒙尘：蒙受风尘。指王导天天诣阙谢罪。路次：路中。

⑨群下：僚属，部下。起居：日常生活。

【译文】

王敦的哥哥王含任光禄勋。王敦谋反之后，领兵驻扎到了南州，王含就丢弃了官职投奔姑孰。丞相王导为这事上朝谢罪。这时候，司徒、丞相、扬州府中的官员都来打听消息，匆忙间不知应该怎样措辞。司空顾和当时任扬州别驾，拿起笔来写道："王光禄远远地躲开了流言，明公每天在路上风尘仆仆，下属们心里都很不安，不知贵体饮食起居怎么样？"

三八

【原文】

郗太尉①拜司空，语同坐曰："平生意不在多，值世故纷坛，遂至台鼎②。朱博翰音③，实愧于怀。"

【注释】

①郗太尉：郗鉴。晋成帝咸和四年（公元329年）任司空，后又进位太尉。

②世故：世事。台鼎：指三公或宰相。东汉时太尉、司徒、司空合称三公，是最高的官位。人们拿三台（星名）和鼎足来比喻三公，说成台鼎。

③"朱博"句：朱博，汉代人，出任丞相，临授职时，忽然有一种像钟声的声音响起。有人解释说，是因为君主不听取意见，有名无实的人登上朝廷，才会有一种无形的声音发出。这里比喻名不副实，不应处此高位。翰音，翰指高飞，声音高飞，比喻空名。

【译文】

太尉郗鉴就任司空一职时，他与同座的人说："我平生志向不高，遇上世事纷乱，便升到三公位。想起朱博徒有空名，内心实在有愧。"

三九

【原文】

高坐道人①不作汉语。或问此意，简文曰："以简应对之烦。"

【注释】

①高坐：西域和尚名，西晋永嘉年间到中国。据《高坐别传》

载,他"性高简,不学晋语。诸公与之言,皆因传译"。道人:和尚。

【译文】

高坐和尚不说汉语。有人问起这是什么意思,晋简文帝说:"因为这样可以省去应酬的烦扰。"

四〇

【原文】

周仆射雍容好仪形①。诣王公,初下车,隐②数人,王公含笑看之。既坐,傲然啸咏③。王公曰:"卿欲希嵇、阮邪④?"答曰:"何敢近舍明公,远希嵇、阮!"

【注释】

①周仆射:周颚。雍容:形容举止大方,温和从容。仪形:外貌,仪表。
②隐:依靠。按:当时出入要人搀扶,这是贵族的习惯。
③傲然:形容傲慢没礼貌。啸咏:啸是吹口哨,咏是歌咏,即吹出曲调。啸咏是当时文士的一种习俗,更是放诞不羁、傲世的人表现其名士风流的一种姿态。
④希:企望,仰慕。嵇、阮:嵇康、阮籍。

【译文】

尚书仆射周颚平日里举止温和从容,仪表堂堂。一次他去拜访王导，刚一下车，就要几个人搀扶着，王导含笑看着他。他坐下以后，旁若无人地吹奏口哨。王导说："你想学习嵇康、阮籍吗？"周顗回答说："怎么敢舍去眼前的明公，去学习前代的嵇康、阮籍！"

四一

【原文】

庾公尝入佛图①，见卧佛，曰："此子疲于津梁②。"于时以为名言。

【注释】

①佛图：佛寺。
②津梁：桥梁。这句比喻为接引众生奔忙。佛教说要普度众生，登上彼岸（超脱生死的境界），这就好比过河一样。同时也说明，佛也会因奔忙而疲劳，这就与常人无异了。

【译文】

庾公曾经去过佛寺，看见卧佛，便说："这位先生因普度众生而疲劳了。"当时人们把这句话当作名言。

四二

【原文】

挚瞻①曾作四郡太守、大将军户曹参军，复出作内史，年始二十九。尝别王敦,敦谓瞻曰:"卿年未三十,已为万石②,亦太蚤③。"瞻曰:"方④于将军少⑤为太早,比之甘罗⑥已为太老。"

【注释】

①挚瞻:西晋末,在王敦的大将军幕府中任户曹参军,历任安丰、新蔡、西阳等郡太守,后与王敦言语不和,被贬为随国内史(王侯封国中的官职,与太守相当)。

②万石(dàn):表示官职等级是由俸谷多少来定的,太守是二千石。挚瞻曾做四郡太守,现又做内史,共五郡,所以说万石。

③蚤:通"早"。

④方:相比。

⑤少:稍,略微。

⑥甘罗:战国时秦人,十二岁为秦外交使节,封为上卿。

【译文】

挚瞻曾经做过四个郡的太守和大将军户曹参军,在二十九岁时又被调去做内史。他曾去向王敦告别,王敦对他说:"你还没到三十岁,已经做了五任二千石的官,也太早了吧。"挚瞻说:"同将军您相比,稍早了一些;同甘罗相比,已经是太老了。"

四三

【原文】

梁国杨氏子九岁,甚聪惠①。孔君平②诣其父,父不在,乃呼儿出。为设果,果有杨梅,孔指以示儿曰:"此是君家果。"儿应声答曰:"未闻孔雀是夫子③家禽。"

【注释】

①聪惠:聪慧,聪明。

②孔君平:孔坦,字君平,累迁廷尉(掌管刑狱),所以也称孔廷尉。

③夫子:对对方的尊称。这一则文字说明双方利用了杨梅和杨姓、孔雀和孔姓中的一个同音字。

【译文】

梁国有一户姓杨的人家,他的儿子才九岁,很聪明。一次孔君平去拜访他的父亲,他的父亲不在,这家便叫儿子出来,给孔君平摆上果品。果品里头有杨梅,孔君平指着杨梅给他看,说道:"这是你家的果子。"孩子应声回答说:"没听说过孔雀是夫子您家的鸟。"

四四

【原文】

孔廷尉以裘与从弟沈①,沈辞不受。廷尉曰:"晏平仲②之俭,祠其先人,豚肩不掩豆③,犹狐裘数十年,卿复何辞此?"于是受而服之。

【注释】

①裘:皮衣。从弟:堂弟。

②晏平仲:晏婴,谥平,字仲,春秋时代齐国大夫,主张节俭,

据说他一件狐裘穿了三十年。

③豚：小猪。豆：盛食物的器具，形似高脚盘。

【译文】

廷尉孔君平送给堂弟孔沈一件皮衣，孔沈婉言谢绝了。孔君平说："晏平仲那么俭省，祭祀祖先的时候，所用的小猪是那么小，还盖不满盘子，可是还穿了几十年狐皮袍子。你又为什么不肯收下这件呢？"孔沈这才把皮衣收下来穿上。

四五

【原文】

佛图澄与诸石①游，林公②曰："澄以石虎为海鸥鸟③。"

【注释】

①佛图澄：和尚名，晋代永嘉年间到洛阳。诸石：指石勒、石虎等人，羯族人。东晋时石勒侵入中原，大肆杀戮，建立后赵政权。石勒死，堂弟石虎袭位。

②林公：支遁，字道林。这里尊称为林公。

③海鸥鸟：据《列子·黄帝篇》说，海边有个人喜欢海鸥，天天到海上去跟海鸥玩。一天，他父亲要他捉一只海鸥回来，结果他到海上，海鸥再也不飞下来了。这里引用这个故事，是说佛图澄清净无巧诈之心，不分物我。

【译文】

佛图澄与石氏诸人有交往，支道林说："他把石虎当作海上的鸥鸟了。"

四六

【原文】

谢仁祖①年八岁,谢豫章将送客②。尔时语已神悟③,自参上流④。诸人咸共叹之,曰:"年少,一坐之颜回⑤。"仁祖曰:"坐无尼父⑥,焉别颜回?"

【注释】

①谢仁祖:谢尚,字仁祖,谢鲲的儿子,后任镇西将军、豫州刺史。

②谢豫章:谢鲲,曾任豫章太守。将:带领。

③神悟:指领悟神速。

④自参上流:自处于上等名流之中。上流,上等。

⑤颜回:春秋时鲁国人,对孔子的学说深有体会,孔子很赏识他。

⑥尼父(fǔ):孔子,字仲尼,尊称为尼父。

【译文】

谢仁祖八岁时,他父亲豫章太守谢鲲已经带着他去送客。那时他的言谈便显示出奇异的悟性,已经自居于上等名流之中。大家都赞许他说:"年纪虽小,也是座中的颜回。"谢仁祖说:"座中如果没有孔子,怎么能识别颜回?"

四七

【原文】

陶公①疾笃，都无献替之言②，朝士③以为恨。仁祖闻之，曰："时无竖刁④，故不贻陶公话言⑤。"时贤以为德音。

【注释】

①陶公：陶侃，字士行。历任湘、广、荆州刺史，晋成帝时，封长沙郡公，为太尉，赠大司马，名望很高。
②都：全。献替：对君主劝善规过、建议兴革。
③朝士：朝廷的官吏。
④竖刁：春秋时齐桓公所宠信的宦官。管仲病重时，齐桓公问管仲，竖刁可否代他做宰相，管仲认为此人不能用。后来竖刁果然发动叛乱。
⑤贻：遗留。话言：善言，这里指遗言。

【译文】

陶侃病势非常严重，可他对有关朝廷兴利除弊、官吏进退等大事，没有一句遗言，朝中官员都认为是憾事。谢仁祖听到这事，就说："现在没有像竖刁那样的人，所以陶公不用留下遗训。"当时人士认为这是有德者的话。

四八

【原文】

竺法深在简文坐①,刘尹②问:"道人何以游朱门?"答曰:"君自见其朱门③,贫道如游蓬户④。"或云卞令⑤。

【注释】

①竺法深:和尚名。简文:晋简文帝司马昱。据记载,简文帝当时还没有登帝位,只是封为会稽王。
②刘尹:刘惔。
③朱门:红漆的大门,指达官贵人之家。
④蓬户:用蓬草编成的门,指简陋的房屋,穷苦人家。
⑤卞令:卞壸,字望之,曾任尚书令。

【译文】

竺法深做了简文帝的座上客,丹阳尹刘惔问他:"和尚为什么同官宦人家交往?"竺法深回答道:"您自己看见那是官宦人家,我却以为同贫苦人家一样。"有人说,不是刘惔发问,而是卞壸。

四九

【原文】

孙盛为庾公记室参军①,从猎,将其二儿俱行。庾公不知,忽于猎场见齐庄,时年七八岁,庾谓曰:"君亦复来邪?"应声答曰:"所谓'无小无大,从公于迈②'。"

【注释】

①记室参军:官名,将军幕府中主管文书的。

②"无小"二句:引自《诗经·鲁颂·泮水》,意指无论大小臣子,都跟着公出游。

【译文】

孙盛任庾亮的记室参军,有一次跟随庾亮外出打猎,一路前行的还有自己的两个儿子。庾亮本不知道,忽然在猎场看见他的次子齐庄,当时这孩子只有七八岁,庾亮问他说:"您也来了吗?"齐庄接口回答说:"正如古诗所说的'无小无大,从公于迈'。"

五〇

【原文】

孙齐由、齐庄二人小时诣庾公。公问齐由何字,答曰:"字齐由。"公曰:"欲何齐邪?"曰:"齐许由。"齐庄何字。答曰:"字齐庄。"公曰:"欲何齐?"曰:"齐庄周①。"公曰:"何不慕仲尼而慕庄周?"对曰:"圣人②生知,故难企慕③。"庾公大喜小儿对。

【注释】

①庄周:庄子,名周,战国时人,与老子同是道家学派的代表

人物。

②圣人：才德最高的人，这里指孔子。

③企慕：仰慕。

【译文】

孙齐由、齐庄兄弟二人小时候去拜见庾亮。庾亮问齐由别名是什么，齐由回答说："字齐由。"又问："想向谁看齐呢？"齐由说："向许由看齐。"接着又问齐庄的别名是什么。齐庄回答说："字齐庄。"问他："想向谁看齐？"齐庄说："向庄周看齐。"庾亮问："为什么不仰慕孔子而仰慕庄周？"齐庄回答说："圣人生来就知道一切，所以很难仰慕。"庾亮对这个小儿子的回答非常满意。

五一

【原文】

张玄之、顾敷是顾和中外孙①，皆少而聪惠。和并知之，而常谓顾胜，亲重偏至②。张颇不恢③。于时，张年九岁，顾年七岁。和与俱至寺中，见佛般泥洹像④，弟子有泣者，有不泣者。和以问二孙。玄⑤谓："被亲⑥故泣，不被亲故不泣。"敷曰："不然，当由忘情⑦故不泣，不能忘情故泣。"

【注释】

①中外孙：孙子和外孙。

②偏至：特别深，特别真挚。

③不恹(yàn)：不满意。

④般泥洹像：卧佛像。般泥洹，即涅槃，佛教用语，指修行的最高境界，也称僧尼死亡。

⑤玄：即玄之。晋代人单名常加"之"字。

⑥被亲：受到宠爱。

⑦忘情：指哀乐不动于心，不为感情所动。这是佛才能达到的境界。

【译文】

张玄之和顾敷这两人是顾和的外孙和孙子，他俩小时候都很聪明。顾和对他们也非常赏识，又时常说顾敷略胜一筹，就特别偏爱他。张玄之相当不满。这时候玄之九岁，顾敷七岁。一次顾和带他们一起到庙里去，看见卧佛像，旁边佛的弟子有的哭，有的不哭。顾和就问两个孙子为什么会这样。玄之解释说："得到佛的宠爱，所以哭；没有得到佛的宠爱，所以不哭。"顾敷说："不对，应该是因为不动情，所以不哭；不能忘情，所以哭。"

五二

【原文】

庾法畅①造庾太尉，握麈尾②至佳。公曰："此至佳，那得在？"法畅曰："廉者不求，贪者不与，故得在耳。"

【注释】

①庾法畅：当作康法畅，和尚名。

②麈（zhǔ）尾：拂尘。一说形状像羽扇，扇柄左右扎上麈尾（驼鹿尾）毛，谈话时借助它来指画。魏晋清谈之士喜欢用它。

【译文】

庾法畅去造访太尉庾亮时，手中拿的拂尘极好。庾亮问道："这东西这么好，怎么还能留得住？"法畅说："廉洁的人不会向我要，贪心的人我也不会给，所以能留下呢。"

五三

【原文】

庾稚恭为荆州，以毛扇上武帝①，武帝疑是故物。侍中刘劭曰："柏梁云构②，工匠先居其下；管弦③繁奏，钟、夔④先听其音。稚恭上扇，以好不以新。"庾后闻之，曰："此人宜在帝左右。"

【注释】

①"庾稚恭"二句：据《晋书》载，献扇一事出于庾稚恭的哥哥庾怿。庾怿任豫州刺史，曾把白羽扇献给晋成帝。毛扇，羽毛扇。据说原产于江南，后来才传入中原一带，所以能进献给皇帝。

②柏梁：柏梁台，汉武帝所筑，在长安城。云构：高耸入云的建筑；大厦。

③管弦：乐器。管指管类乐器，弦指弦类乐器。

④钟、夔（kuí）：钟子期和夔，这里指代懂得鉴赏的音乐家。钟子期是春秋时楚人，善听音乐。伯牙弹琴时，意在高山或流水，

钟子期都能领会。夔是舜时的乐官。按：这两句说明新的也是旧的。

【译文】

庾稚恭在出任荆州刺史的时候，曾经向晋武帝进献羽毛扇，武帝怀疑是他用过的。侍中刘劭说："柏梁台那样高大的楼台，是工匠先住在里面；管弦齐奏，也是知音的人和乐工们先审察它的音。稚恭进献扇子，是因为它好，不是因为它新。"庾稚恭后来听说这件事，便说："这个人适合在皇帝身边。"

五四

【原文】

何骠骑亡后，征褚公入①。既至石头②，王长史、刘尹③同诣褚。褚曰："真长，何以处我？"真长顾王曰："此子能言。"褚因视王，王曰："国自有周公④。"

【注释】

①何骠骑：何充，东晋康帝时任骠骑将军。康帝死后，穆帝即位，何充任宰相，辅佐朝政。褚公：褚裒，任徐、兖二州刺史，镇守京口。当时朝议以为他是褚太后的父亲，宜掌朝政，就征他入朝。

②石头：石头城，在建康附近。

③王长史：王濛，字仲祖，任司徒左长史。刘尹：刘真长和王濛同是会稽王司马昱的座上客。

④周公：西周时人，周成王的叔父。成王年幼，周公辅佐朝政，平定叛乱，创制礼法。这里用周公比喻会稽王司马昱。当时

司马昱任抚军大将军、录尚书事,褚太后诏他专总万机。所以有人劝褚裒把国政交付给他,仍回京口。

【译文】

骠骑将军何充去世后,征召褚裒入朝。褚裒到达石头城后,左长史王濛和丹阳尹刘真长一起去拜访他。褚裒问道:"真长,朝廷怎么安置我呢?"真长看着王濛说:"这一位善于言谈。"褚裒于是望着王濛,王濛说:"朝中本来有周公。"

五五

【原文】

桓公①北征,经金城②,见前为琅邪时种柳,皆已十围③,慨然曰:"木犹如此,人何以堪!"攀枝执条,泫然④流泪。

【注释】

①桓公:桓温。桓温在东晋太和四年(公元369年)伐燕。
②金城:地名。南琅邪郡郡治。桓温在咸康七年(公元341年)任琅邪国内史镇守金城,到伐燕时已过了快三十年。
③围:两手的拇指和食指合拢的圆周长为一围。柳树十围,就快要干枯了。将人比物,使人感到时光飞逝,已到暮年晚景,桓温抚今追昔,不免有此慨叹。
④泫(xuàn)然:形容泪珠下滴。

【译文】

桓温北伐的时候,经过金城,看见以前他做琅邪内史时种下的柳树，都已经有十围那么粗了，就感慨地叹道："树木尚且这样，人怎么经受得起岁月的消磨呢！"攀着树枝，抓住柳条儿，泪流不止。

五六

【原文】

简文作抚军时，尝与桓宣武①俱入朝，更相②让在前。宣武不得已而先之，因曰："伯也执殳，为王前驱③。"简文曰："所谓'无小无大，从公于迈④'。"

【注释】

①桓宣武：桓温，初为驸马都尉，后任荆州刺史、征西大将军，官至大司马，谥宣武。

②更（gēng）相：互相。更，交替。

③"伯也"二句：引自《诗经·卫风·伯兮》，大意是：我哥手里拿着殳，为王打仗做先驱。桓温走在前面，所以引《诗经》"为王前驱"以示谦让。殳（shū），一种有棱无刃的兵器。

④"无小"二句：参本篇第四十九则注②。

【译文】

晋简文帝任抚军将军的时候，一次与桓温一同上朝，两人多次互相谦让，要对方先走在前面。桓温最后不得已只好在前，于是一面走一面说："伯也执殳，为王前驱。"简文帝回答说："这正所谓'无小无大，从公于迈'。"

五七

【原文】

顾悦与简文同年,而发早白。简文曰:"卿何以先白?"对曰:"蒲柳之姿①,望秋而落;松柏之质,经霜弥茂。"

【注释】

①蒲柳:植物名,即水杨。因为它早凋,常用来比喻早衰的体质。姿:通"资",资质。

【译文】

顾悦和简文帝年龄相同,可是头发早早地就白了。简文帝问他:"你为什么头发比我先白呢?"顾悦回答说:"蒲柳的资质差,一到秋天就凋零了;松柏质地坚实,经历过秋霜反而更加茂盛。"

五八

【原文】

桓公①入峡,绝壁天悬,腾波迅急,乃叹曰:"既为忠臣②,不得为孝子,如何!"

【注释】

①桓公:桓温,在晋永和二年(公元346年)伐蜀。

②"既为"句：据《汉书·王尊传》载，王阳任益州刺史时行部至邛崃九折坂，叹道："奉先人遗体，奈何数乘此险！"便托病辞官。后来王尊做刺史，到这里时就叫车夫赶马前进，说："王阳为孝子，王尊为忠臣。"这里借用此意，说明为忠臣就可能遇险，不能贪生怕死。

【译文】

桓温率兵进入三峡，看见陡峭的山崖好像悬挂在天上，翻腾的波涛迅猛飞奔，于是叹息道："既然要做忠臣，就不能做孝子，有什么办法呢！"

五九

【原文】

初，荧惑入太微①，寻废海西②；简文登阼，复入太微，帝恶之。时郗超③为中书，在直④。引超入曰："天命修短，故非所计。政当⑤无复近日事不？"超曰："大司马方将外固封疆⑥，内镇⑦社稷，必无若此之虑。臣为陛下以百口保之。"帝因诵庾仲初诗曰："志士痛朝危，忠臣哀主辱⑧。"声甚凄厉。郗受假还东⑨，帝曰："致意尊公，家国之事，遂至于此。由是身不能以道匡卫⑩，思患预防。愧叹之深，言何能喻！"因泣下流襟。

【注释】

①荧惑：星名，即火星。太微：古人把星空分为若干区域，其中有所谓三垣的分区，即紫微垣、太微垣、天市垣。太微，即太微

垣，在北斗星的南面一带。

②海西：海西公司马奕。公元365年晋哀帝死，琅邪王司马奕登位，就是废帝海西公。到公元366年闰十月，荧惑入居太微垣，十一月大司马桓温废晋帝为东海王，十二月又把他降封为海西县公，并立会稽王司马昱为帝，就是简文帝；十二月荧惑又逆行入太微。简文帝鉴于海西公被废，害怕再出现废立的事。

③郗超：原是桓温的参军，是桓温的亲信，简文帝时任中书侍郎，后为司徒左长史。

④直：值班。

⑤政当：通"正当"，只是。

⑥封疆：边界，边境。

⑦镇：安定。

⑧"志士"二句：大意是：志士见朝廷危难而痛心，忠臣因君主屈辱而伤怀。

⑨受假还东：指获准请假回会稽探望父亲一事。郗超的父亲郗愔曾受到简文帝的赏识，简文帝即位后任都督浙江东五郡军事，镇守会稽（在建康之东）。

⑩匡卫：纠正和保卫。

【译文】

当初，火星进入太微区域，不久海西公被废；简文帝即位后，火星又进入太微，简文帝对这事很厌恶。这时郗超任中书侍郎，轮到值班。简文帝招呼他进里面，说道："国家寿命的长短，本来就不是我所能考虑的。只是不会重复最近发生的事吧？"郗超说："大司马正要对外巩固边疆，对内安定国家，一定不会有这样的打算。臣用上百口家人的性命来给陛下担保。"简文帝于是朗诵庾仲初的两句《从征诗》："志士痛朝危，忠臣哀主辱。"声音非常凄厉。后来郗超请假回会稽看望父亲，简文帝对他说：

"向令尊转达我的问候之意,王室和国家的事情,竟到了这个地步!因此我不能用正确的主张纠正失误,保卫国家,思虑灾难之将至,防患于未然。我的羞愧、感慨之深重,言语怎么能说得清啊!"说完便哭得泪满衣襟。

六〇

【原文】

简文在暗室中坐,召宣武。宣武至,问上何在。简文曰:"某在斯①!"时人以为能②。

【注释】

①某在斯:引自《论语·卫灵公》。说的是一个盲人音乐师去见孔子,孔子给他指点、介绍在座的人,说"某在斯,某在斯"(其人在这里)。"某",原代替不明确指出的人,后来在对话中谦称自己也用"某"。简文帝引用这句话,正是巧妙地利用了这种词义的变化。
②能:指有才能。一说当作"能言"。

【译文】

简文帝在暗室里坐着,召桓温进宫。桓温到了,问皇上在哪里。简文帝说:"某在斯!"当时人们认为他有才能。

六一

【原文】

简文入华林园①,顾谓左右曰:"会心处不必在远,翳然②

林水,便处有濠、濮③间想也,觉鸟兽禽鱼自来亲人。"

【注释】

①华林园:在建康台城,本是吴国的皇宫花园,东晋时又仿照洛阳的华林园修整过。

②翳(yì)然:形容荫蔽。

③濠:濠水。据《庄子·秋水》载,庄子和惠子到濠水的桥上游玩,觉得很快活,就认为河中的鱼也很快活。濮:濮水。据《庄子·秋水》载,庄子在濮水钓鱼,楚威王派大夫去请他出来主持国政,庄子不干,表示宁可做一只在污泥中爬的活龟,也不愿做一只保存在宗庙里的死龟。

【译文】

简文帝在华林园内游玩时,回头对随从说:"令人心领神会的地方不一定在很远的地方,林木蔽空,山水掩映,就自然会产生濠水、濮水上那样悠然自得的想法,觉得鸟兽禽鱼自己会来亲近人。"

六二

【原文】

谢太傅语王右军①曰:"中年伤于哀乐②,与亲友别,辄作数日恶。"王曰:"年在桑榆③,自然至此,正赖丝竹陶写④,恒恐儿辈觉,损⑤欣乐之趣。"

【注释】

①王右军:王羲之,字逸少,曾任江州刺史、右军将军、会稽内史,是著名的书法家。

②哀乐:偏义复词,指"哀"。

③桑榆:晚年。太阳下山时,阳光只照着桑树、榆树的树梢,便用桑榆比喻黄昏,也用来比喻人的晚年。

④陶写:陶冶和抒发。

⑤损:减少。

【译文】

太傅谢安对右军将军王羲之说:"中年的时候,受到哀伤情绪的折磨,和亲友话别,总是好几天闷闷不乐。"王羲之说:"到了晚年,自然会这样,只能借助音乐寄兴消愁,还常常担心子侄辈减少欢乐的情趣。"

六三

【原文】

支道林常养数匹马。或言道人畜马不韵①。支曰:"贫道重其神骏②。"

【注释】

①韵:风雅。

②贫道:和尚的谦称。神骏:良马的精神姿态。

【译文】

支道林和尚平日里喜欢养几匹马。有人说:"和尚养马并不风雅。"支道林说:"我是看重马的神采姿态。"

六四

【原文】

刘尹与桓宣武共听讲《礼记》①。桓云:"时有入心处,便觉咫尺玄门②。"刘曰:"此未关至极,自是金华殿之语③。"

【注释】

①《礼记》:主要记录了战国秦汉间儒家关于礼制的言论,侧重阐明礼的作用和意义。

②咫(zhǐ)尺:很近。咫,古代的长度单位,八寸为咫。玄门:奥妙的门径,指高深的境界。

③至极:顶点。金华殿:汉成帝时,郑宽中、张禹曾在金华殿给皇帝讲解《尚书》《论语》。这里用金华殿之语指儒生为皇帝讲书时的老生常谈。

【译文】

丹阳尹刘惔和桓温在一起听讲《礼记》。桓温说:"有时有所领悟,便觉得离高深境界不远了。"刘惔却说:"这还没有涉及最精妙的境界,还只是金华殿上的老生常谈。"

六五

【原文】

羊秉为抚军参军,少亡,有令誉①。夏侯孝若②为之叙,极相赞悼。羊权为黄门侍郎③,侍简文坐,帝问曰:"夏侯湛作《羊秉叙》④,绝可想。是卿何物⑤?有后不?"权潸然⑥对曰:"亡伯令问夙彰⑦,而无有继嗣;虽名播天听⑧,然胤绝圣世⑨。"帝嗟慨久之。

【注释】

①"羊秉"三句:在简文帝任抚军将军时,羊秉是他的参军,三十二岁逝世。此处说"少亡",不大确切,"少"指青年。令誉,美好的名声。
②夏侯孝若:夏侯湛,字孝若。
③黄门侍郎:官名,皇帝侍从,负责传达诏命。
④《羊秉叙》:记述羊秉世系和生平事迹的文章。
⑤何物:何人。
⑥潸(shān)然:形容流泪。
⑦令问:令闻(wèn),美好的名声。夙彰:一向显著。
⑧天听:皇帝的听闻,这是臣下称颂君王的用词。按:这句指名声传到了皇帝的耳朵里。
⑨胤(yìn):后代。圣世:圣代,指当代,这是对皇帝的谀辞。

【译文】

羊秉任抚军将军的参军,年纪轻轻就死了,他还很有名望。

夏侯湛给他写了叙文，极力赞颂并哀悼他。羊权任黄门侍郎时，一次，陪侍简文帝，简文帝问他："夏侯湛写的《羊秉叙》，很令人怀念羊秉。他是你的什么人？有后代没有？"羊权流着泪回答说："亡伯声誉一向很好，可是没有后代；虽然陛下也听到了他的名声，可惜他却没有后嗣来领受圣世的隆恩。"简文帝听了，感叹了很久。

六六

【原文】

王长史与刘真长别后相见，王谓刘曰："卿更长进。"答曰："此若'天之自高'耳①。"

【注释】

① "此若"句：刘氏在这里以天自比，表现出好清谈者的狂诞。

【译文】

司徒左长史王濛和刘真长两人别后重逢时，王濛对刘真长说："你更有长进了。"刘真长答道："这就好像天那样，本来就是高的呀！"

六七

【原文】

刘尹云："人想王荆产①佳，此想长松下当有清风耳。"

【注释】

①王荆产：王徽，字幼仁，小名荆产，曾任右军司马。祖父王义为平北将军。父王澄任荆州刺史，是放诞不羁的人。这一句暗示出身名门，儿子不一定优秀。

【译文】

刘真长说："人们想象王荆产人才出众，其实这等于想象高大的松树下定会有清风罢了。"

六八

【原文】

王仲祖闻蛮语①不解，茫然曰："若使介葛卢②来朝，故当③不昧此语。"

【注释】

①蛮语：古代指少数民族语言。

②介葛卢：春秋时代，东部一个少数民族国家叫介国，国君名葛卢。据《左传·僖公二十九年》载，介葛卢懂得牛的语言，他到鲁国朝见鲁君，听见牛叫声，就说这头牛叫的是：生了三头小牛，都用来祭祀了。王仲祖在这里指蛮语为牛语。

③故当：想必，自然。

【译文】

王仲祖一点也听不懂外族人所说的话，他丧气地对自己说：

"如果介葛卢来朝见,想必懂得这种话。"

六九

【原文】

刘真长为丹阳尹,许玄度①出都,就刘宿,床帷新丽,饮食丰甘。许曰:"若保全此处,殊胜东山②。"刘曰:"卿若知吉凶由人,吾安得不保此?"王逸少在坐。曰:"令巢、许遇稷、契,当无此言③。"二人并有愧色。

【注释】

①许玄度:许询,字玄度,善清谈,受敬仰,又乐于隐遁,拒绝出任官职,曾被召为司徒掾,不就。刘惔也是个清谈家,曾在郡中给许玄度准备好住所,且经常去拜访。

②东山:山名,指隐居之处。谢安曾在东山隐居。

③稷:后稷,周的始祖,尧时任稷官。契(xiè):商的始祖,舜时为司徒,辅助大禹治水。王逸少这两句话是讽刺许、刘二人的,揭穿了当时一般名士淡泊功名、遗落世事的虚伪性。

【译文】

刘真长任丹阳尹的时候,许玄度去往京都,便到他那里借宿。他设置的床帐簇新、华丽,饮食丰盛味美。许玄度说:"如果能保全住这个地方,比隐居东山强多了。"刘真长说:"你如果能肯定祸福由人来决定,我怎么会不保全这里呢?"当时王逸少也在座,就说:"如果巢父、许由遇见稷和契,一定不会说这样的话。"刘、许两人听了，都面有愧色。

七〇

【原文】

王右军与谢太傅共登冶城①，谢悠然②远想，有高世③之志。王谓谢曰："夏禹勤王④，手足胼胝⑤；文王旰食⑥，日不暇给⑦。今四郊多垒⑧，宜人人自效。而虚谈废务，浮文妨要⑨，恐非当今所宜。"谢答曰："秦任商鞅，二世而亡，岂清言致患邪⑩？"

【注释】

①冶城：原是吴国冶铸之地，晋孝武帝时在城中立寺，安帝时改为花园，筑起亭台楼阁。故址在今南京市。

②悠然：悠闲的样子。

③高世：超脱世俗。

④勤王：为王事尽力。

⑤胼胝（pián zhī）：茧子（jiǎn zi）。尧命禹治水，禹在外九年，由于操劳，手脚都起了茧子。

⑥旰（gàn）食：天黑了才吃饭。指勤于国事。

⑦日不暇给（jǐ）：形容事情多，时间不够用。给，足够。《尚书·无逸》中说过，周文王处理政事，忙碌得从早晨到下午也没有工夫吃饭。

⑧四郊：这里指国都四郊，即都城郊外。垒：防护军营的墙壁或堡垒。

⑨废务：荒废了事务。浮文：不切实际的文辞。要：重要的事情。按：虚谈和浮文、废务和妨要，对举成文，字异义同。这句指清谈耽误国家大事。

⑩商鞅：战国中期杰出的法家，辅佐秦孝公实行变法，秦国因此富强起来，传六代至秦始皇，便统一中国。二世：两代。指秦始皇和秦二世两代。秦始皇死后，秦二世胡亥继位，在位三年。因陈胜起义、刘邦起兵，秦朝便灭亡了。清言：清谈，不务实际，空谈玄学。按：谢安的回答，实际是强词夺理。

【译文】

右军将军王羲之和太傅谢安一同登上了冶城，谢安悠闲地凝神遐想，有超尘脱俗的志趣。王羲之就对他说："夏禹操劳国事，手脚都长了茧子；周文王忙到天黑才吃上饭，总觉得时间不够用。现在国家战乱四起，人人都应当自觉地为国效劳。而空谈荒废政务，浮辞妨害国事，恐怕不是当前所应该做的吧。"谢安回答说："秦国任用商鞅，可是秦朝只传两代就灭亡了，这难道也是清谈所造成的灾祸吗？"

七一

【原文】

谢太傅寒雪日内集①，与儿女讲论文义②。俄而雪骤③，公欣然曰："白雪纷纷何所似④？"兄子胡儿曰："撒盐空中差可拟⑤。"兄女曰："未若柳絮因风起⑥。"公大笑乐。即公大兄无奕女⑦，左将军王凝之妻也。

【注释】

①内集:家里人聚会。

②文义:文章的内容。

③骤:又大又急。

④"白雪"句:大意是:白雪纷纷扬扬像什么。

⑤"撒盐"句:大意是:往天上撒盐满可以用来一比。差,大致,差不多。

⑥"未若"句:大意是:比不上柳絮随风飞舞。按:以上三句都仿效汉武帝"柏梁体"歌句,七言,每句用韵。

⑦无奕女:指谢道韫。

【译文】

在一个寒冷的下雪天,太傅谢安把家里的所有人聚在一起,和儿女们讲解谈论文章。一会儿,雪下得又大又急,谢安兴致勃勃地问道:"白雪纷纷扬扬像什么?"侄子胡儿说:"把盐撒在空中差不多可以跟它相比。"侄女说:"不如比作柳絮乘风而起漫天飞舞。"谢安大笑,非常高兴。这个侄女就是谢安的大哥谢无奕的女儿,左将军王凝之的妻子。

七二

【原文】

王中郎令伏玄度、习凿齿论青、楚人物①。临成,以示韩康伯②,康伯都无言。王曰:"何故不言?"韩曰:"无可无不可。"

【注释】

①王中郎：王坦之，字文度，曾任中书令，兼任北中郎将（统军的将领），徐、兖二州刺史。伏玄度：伏滔，字玄度，青州平昌县人，曾任大司马桓温参军，后任著作郎、游击将军。习凿齿：字彦威，荆州襄阳郡人，桓温为荆州刺史时，他任别驾，后任荥阳太守。青、楚：青州和荆州。楚国旧号荆，所以这里称荆州为楚。古代把中国分为九州，青州包括东部和东北一部分，荆州包括中南和西南一部分。据记载，伏、习二人曾辩论青、楚历代人物的优劣得失，实际是各自赞扬家乡的人物。

②临：到。韩康伯：韩伯，字康伯，曾任丹阳尹、吏部尚书、领军将军。

【译文】

北中郎将王坦之让伏玄度、习凿齿两人评论青州、荆州两地的历代人物。等到评论完了，王坦之拿来给韩康伯看，韩康伯一句话也没说。王坦之问他："为什么不说话？"韩康伯说："他们的评论无所谓对，也无所谓不对。"

七三

【原文】

刘尹云："清风朗月①，辄思玄度。"

【注释】

①"清风"句：许玄度到京都时，住在刘真长处。（参本篇第六

十九则）许玄度走后，刘真长曾到他住所怀念一番，说了这句话。

【译文】
丹阳尹刘真长说："每逢风清月明，就难免思念玄度。"

七四

【原文】
荀中郎①在京口，登北固②望海云："虽未睹三山③，便自使人有凌云④意。若秦、汉之君，必当褰裳濡足⑤。"

【注释】
①荀中郎：荀羡，字令则，任北中郎将、徐州刺史。
②北固：北固山，在京口（今江苏省镇江市）东北，山上有北固亭，下临长江。
③三山：指传说中东海的蓬莱、方丈、瀛洲三座神山。相传山中有不死药。秦始皇曾遣徐市领数千童男童女入海寻仙求药，东巡时又曾从江乘县沿海北上到琅邪，希望遇见神山。汉武帝在泰山祭天以后也曾到东海，希望能遇见蓬莱山。
④凌云：直上云霄，这里指超脱尘世，登上仙境。
⑤褰（qiān）裳濡（rú）足：提起衣裳、沾湿脚。

【译文】
北中郎将荀羡在京口任职的时候，在登上北固山远望东海时说："虽然不曾望见三座仙山，已经让人有超尘出世的念头。如果像秦始皇和汉武帝那样,一定会提起衣裳下海去的。"

七五

【原文】

谢公云:"贤圣去人,其间亦迩①。"子侄未之许②。公叹曰:"若郗超闻此语,必不至河汉③。"

【注释】

①间(jiàn):间隔,差别。迩:近。
②许:赞同。
③河汉:本指银河,比喻言论不切实际,这里指不置信、忽视。按:郗超喜谈玄学,精于义理,被认为是当时的杰出人物。谢安这句话是说郗超会同意他的话,不会像子侄们那样。

【译文】

谢安说:"圣人、贤人和普通人之间的距离其实是很近的。"子侄们不同意他的这种看法。谢安叹息说:"如果郗超听见这话,一定不至于不相信。"

七六

【原文】

支公①好鹤,住剡东岇山②。有人遗③其双鹤,少时翅长欲飞，支意惜之，乃铩其翮④。鹤轩翥⑤不复能飞，乃反顾翅垂头，视之如有懊丧意。林曰："既有凌霄之姿，何肯为人作耳目近玩？"养令翮成，置使飞去。

【注释】

① 支公：支遁，字道林，晋时和尚。
② 剡（shàn）：剡县，属会稽郡。岇（áng）山：山名。
③ 遗（wèi）：赠送。
④ 铩（shā）：摧残。翮（hé）：羽毛中间的硬管，这里用来指翅膀。
⑤ 轩翥（zhù）：高飞的样子。

【译文】

支道林非常喜欢养鹤，于是他住在剡县东面的岇山上。有人送给他一对小鹤，不久，小鹤翅膀长成，将要飞了，支道林心里舍不得它们，就剪短了它们的翅膀。鹤高举翅膀却不能飞了，便回头看看翅膀，低垂着头，看上去好像有懊丧的意思。支道林说："既然有直冲云霄的资质，又怎么肯给人做就近观赏的玩物呢？"于是喂养到翅膀再长起来，就放了它们，让它们飞走了。

七七

【原文】

谢中郎①经曲阿后湖，问左右："此是何水？"答曰："曲阿湖。"谢曰："故当渊注渟著②，纳而不流。"

【注释】

①谢中郎：谢万，字万石，谢安的弟弟，曾任西中郎将、豫州刺史。

②渊注渟（tíng）著：汇聚储存。据说秦始皇曾因曲阿湖有王气，凿过湖的入口水道，使它弯曲，以破坏这种王气。

【译文】

西中郎将谢万路过曲阿后湖时，问旁边的侍从说："这是什么湖？"随从回答说："曲阿湖。"谢万就说："那自然要聚积储存，只注入而不流出。"

七八

【原文】

晋武帝每饷山涛恒少①。谢太傅以问子弟②，车骑③答曰："当由欲者不多，而使与者忘少。"

【注释】

①饷：赏赐。山涛：字巨源，累迁尚书仆射（尚书省的副职）、吏部尚书、司徒。

②子弟：子侄辈。

③车骑：车骑将军，这里指谢安的侄儿谢玄。谢玄，字幼度，谢安荐举以御苻坚，升为建武将军、兖州刺史。死后追赠车骑将军。

【译文】

晋武帝每次赏赐东西时,给山涛的总是很少。太傅谢安就这件事问子侄们是什么意思,谢玄回答说:"这应是由于受赐的人要求不多,才使得赏赐的人不觉得少。"

七九

【原文】

谢胡儿语庾道季:"诸人莫①当就卿谈,可坚城垒②。"庾曰:"若文度来,我以偏师待之③;康伯来,济河焚舟④。"

【注释】

①莫:也许,大概。

②坚:加固。城垒:城墙堡垒。按:这句话是把反复辩论比喻为两军交锋,所以这样说。

③偏师:在主力军侧翼协助作战的部队。这句话是指对方较弱,不须用主力军对付,只用一部分军队就可以了。

④济河焚舟:语出《左传·文公三年》,原指过了黄河就烧掉渡船,表示必死的决心。此处用来比喻下决心拼到底。

【译文】

谢胡儿告诉庾道季说:"大家也许会到你这里来清谈,你应该加固城池堡垒,小心防备。"庾道季说:"要是王文度来,我用部分兵力就能对付他;如果韩康伯来,我就决心跟他拼个你死我活。"

八〇

【原文】

李弘度常叹不被遇①。殷扬州②知其家贫,问:"君能屈志百里③不?"李答曰:"《北门》④之叹,久已上闻;穷猿奔林,岂暇择木?"遂授剡县。

【注释】

①李弘度:李充,字弘度,初为丞相王导掾,转记室参军,后为征北将军褚裒的参军。因为家贫,苦求外任。遇:遇合,指得到君主或在上者的赏识、重用。

②殷扬州:殷浩,字渊源,官至扬州刺史、中军将军。

③屈志:降低心愿。百里:指方圆百里的地方,即一个县。

④《北门》:《诗经》中的一篇,旧以为是写"仕不得志"的,诗中描写一个小官吏慨叹自己位卑多劳、生活贫困的苦况。

【译文】

李弘度时常慨叹得不到赏识提拔。扬州刺史殷浩知道他家境贫困,就问他:"您能不能屈就,到一个小地方去?"李弘度回答说:"像《北门》篇那样的慨叹,早就让您听到了;我现在像无路可走的猿猴奔窜山林,哪里还顾得上去挑选该逃上哪棵树呢?"殷浩于是就委任他做剡县县令。

八一

【原文】

王司州至吴兴印渚中看①,叹曰:"非唯使人情开涤②,亦觉日月清朗。"

【注释】

①王司州:王胡之,字脩龄,曾任吴兴太守,后召为司州刺史,未到任就病死了。印渚(zhǔ):地名,在吴兴郡于潜县,据记载,渚旁有白石山,是水流汇集之地。

②开涤:开朗荡涤。按:山水可以使人心情舒畅,可以荡涤胸襟。

【译文】

王胡之到吴兴郡的印渚去观赏景致时,赞叹说:"不只是能让人心情开朗清净,也觉得日月更加明朗。"

八二

【原文】

谢万作豫州都督①,新拜,当西之都邑,相送累日,谢疲顿。于是高侍中②往,径就谢坐,因问:"卿今仗节方州,当疆理西蕃③,何以为政?"谢粗道其意。高便为谢道形势,作数百语。谢遂起坐。高去后,谢追④曰:"阿酃故粗有才具⑤。"

谢因此得终坐。

【注释】

①都督：官名。地方军政长官。按：晋穆帝升平二年（公元358年），谢万为西中郎将，监司、豫、冀、并四州诸军事，豫州刺史。

②高侍中：高崧，字茂琰，小名阿酃（líng），曾任吏部侍郎、侍中。

③仗节：拿着符节（凭证）。疆理：治理。西蕃：即西藩，西边的屏障。豫州在今河南省项城市一带，就是古所谓长江以西，所以叫西蕃。

④追：回顾。

⑤才具：才能。

【译文】

谢万出任豫州都督时，刚接到任命，就要西行到任所去，亲友连日给他送行，谢万疲惫得支持不住。这时，侍中高崧去见他，径直走到谢万身旁坐下，问他："你现在受命主管一州，就要去治理西部地区，打算怎样处理政事呢？"谢万大略地说出自己的想法。高崧就给他叙说当地地理人事情况，长篇大论。谢万终于起身坐着。高崧走后，谢万回想起来说："阿酃确实是有点才能。"谢万也因此能始终奉陪不倦。

八三

【原文】

袁彦伯为谢安南司马①，都下②诸人送至濑乡。将别，既自凄惘③,叹曰:"江山辽落④,居然有万里之势!"

【注释】

①谢安南:谢奉,字弘道,历任安南将军、广州刺史、吏部尚书。司马:官名,将军府的属官,管理一府之事。
②都下:京都。
③凄惘:伤感愁闷。
④辽落:辽阔。

【译文】

袁彦伯出任安南将军谢奉的司马,京都的友人们为他送行,一直送到濑乡。快到分手的时候,他已经不胜伤感愁闷,慨叹说:"江山辽阔,显然有万里的气势。"

八四

【原文】

孙绰赋《遂初》①,筑室畎川②,自言见止足之分③。斋④前种一株松,恒自手壅⑤治之。高世远时亦邻居,语孙曰:"松树子非不楚楚可怜⑥,但永无栋梁用耳!"孙曰:"枫柳虽合抱⑦,亦何所施⑧?"

【注释】

①《遂初》:《遂初赋》。孙绰在《序》中说,自己仰慕老子、庄子之道,愿隐居山林。

②畎（quǎn）川：地名。

③止足之分（fèn）：止足指知止、知足，即安分守己；分指本分。

④斋：房屋。

⑤壅：培土。

⑥楚楚可怜：茂盛可爱。

⑦合抱：两臂围拢，形容粗大。

⑧施：用。

【译文】

孙绰创作《遂初赋》来表明自己的志向，在畎川建了一所房子住，自己说已经明白了安分守己是自己的本分。房前种着一棵松树，他经常亲手培土灌溉。高世远这时正跟他做邻居，对他说："小松树不是不茂盛可爱，只是永远不能用做栋梁呀！"孙绰说："枫树、柳树虽然长得合抱那么粗，又能派什么用场呢？"

八五

【原文】

桓征西①治江陵城甚丽，会宾僚出江津②望之，云："若能目③此城者，有赏。"顾长康④时为客在坐，目曰："遥望层城，丹楼如霞⑤。"桓即赏以二婢。

【注释】

①桓征西：桓温，任征西大将军，加官大司马。桓温开始在江

陵筑城墙和营建官署,城临汉江。

②江津:指汉江的渡口。

③目:品评。

④顾长康:顾恺之,字长康,著名画家。

⑤"遥望"二句:大意是:远远望着高耸的城墙,红色的城楼像彩霞。层城,昆仑山的最高处,即天庭,这里用以比喻高峻的城墙。

【译文】

征西大将军桓温修筑非常壮丽的江陵城,工程完工后,他招集宾客僚属出汉江渡口来远远观赏城景。他说:"谁如果能恰当品评这座城,有奖赏。"顾长康当时是客人,正在座上,就评论道:"遥望层城,丹楼如霞。"桓温当即赏给他两个婢女。

八六

【原文】

王子敬语王孝伯曰:"羊叔子①自复佳耳,然亦何与②人事,故不如铜雀台上妓③。"

【注释】

①羊叔子:羊祜,字叔子,晋武帝时任征南大将军。出镇南夏时,开设学校,推行仁德之政。曾被看成是当时的颜回。

②与(yù):参与,牵涉。

③"故不如"句:铜雀台是曹操修建的。曹操遗嘱说,他死后,要把他的侍妾和歌舞伎安置在铜雀台上,定期为他表演歌舞。妓,

通"伎",歌伎、舞女。一说这句是说羊祜清德自佳而已,不如铜雀伎可以娱人耳目。

【译文】

王子敬对王孝伯说:"羊叔子这个人自然是不错的呀,可是又何尝有助于世事!所以比不上铜雀台上的歌伎舞女。"

八七

【原文】

林公见东阳长山①曰:"何其坦迤②!"

【注释】

①长山:山名,在东阳郡长山县。因为山脉相连三百余里,所以名叫长山,县因山得名。
②坦迤(yǐ):指山势平缓而曲折。

【译文】

支道林和尚看见东阳郡的长山时说:"怎么这么平缓又弯弯曲曲啊!"

八八

【原文】

顾长康从会稽还,人问山川之美,顾云:"千岩竞秀①,

万壑②争流，草木蒙笼③其上，若云兴霞蔚④。"

【注释】

①岩：高峻的山峰。秀：高出。
②壑（hè）：山沟。
③蒙笼：茂密覆盖。
④云兴霞蔚：彩云兴起，形容绚丽多彩。

【译文】

顾长康从会稽回来时，人们都来问他那边山川的秀丽情状，顾长康形容说："那里千峰竞相比高，万壑争先奔流，茂密的草木笼罩其上，有如彩云涌动、霞光灿烂。"

八九

【原文】

简文崩，孝武①年十余岁，立，至暝不临②。左右启："依常应临。"帝曰："哀至则哭，何常之有！"

【注释】

①孝武：晋孝武帝司马曜，简文帝的儿子，十一岁继简文帝登位。
②临（lìn）：哭。亲人死，到一定时候要哭丧，叫临。

【译文】

简文帝逝世，孝武帝十多岁就登上帝位，服丧期间，一次，天黑了他也不哭丧。侍从向他启奏说:"按惯例应该哭了。"孝武帝说:"悲痛到来时,自然就会哭,有什么惯例不惯例的!"

九〇

【原文】

孝武将讲①《孝经》,谢公兄弟与诸人私庭②讲习。车武子难苦③问谢,谓袁羊④曰:"不问则德音⑤有遗,多问则重劳二谢。"袁曰:"必无此嫌。"车曰:"何以知尔?"袁曰:"何尝见明镜疲于屡照,清流惮于惠风⑥?"

【注释】

①讲:研究、讨论。《续晋阳秋》载:"宁康三年九月九日,帝讲《孝经》,仆射谢安侍坐,吏部尚书陆纳、兼侍中卞耽读,黄门侍郎谢石、吏部袁宏兼执经,中书郎车胤(按:字武子)、丹阳尹王混摘句(指摘出疑难来问)。"

②私庭:私邸,王侯大官的府第。

③难苦:疑难、不精密。

④袁羊:应为袁虎(袁宏,小名虎)之误。袁羊卒于永和年间,下迄孝武讲经,相距二十余年。

⑤德音:善言,对别人言辞的敬称,这里指谢安兄弟的言论。

⑥"何尝"二句:说明明镜屡照,仍然明亮;惠风轻拂,水流仍然清澈。比喻多问不致重劳二谢。惮(dàn):害怕。惠风:和风。

【译文】

孝武帝想要研讨《孝经》,召集谢安、谢石兄弟和众人先在家里研讨、学习。车武子提出一些疑难的问题来问谢安兄弟,并且对袁羊说:"不问,怕漏掉精湛的言论;问得多了,又怕反复劳累二谢。"袁羊说:"一定不会引起这种不满。"车武子说:"怎么知道会是这样呢?"袁羊说:"何曾见过明亮的镜子会因为连续照影而疲劳,清澈的流水会害怕微风?"

九一

【原文】

王子敬云:"从山阴道上行,山川自相映发①,使人应接不暇。若秋冬之际,尤难为怀②。"

【注释】

①映发:互相映衬,彼此显现。
②为怀:忘怀;忘记。此句意谓犹觉玩赏不尽。

【译文】

王子敬说:"从山阴道上走过时,一路上山光水色交相辉映,使人眼花缭乱,看不过来。如果是秋冬之交,更是让人难以忘怀。"

九二

【原文】

谢太傅问诸子侄:"子弟亦何预①人事,而正②欲使其佳?"

诸人莫有言者。车骑答曰:"譬如芝兰玉树,欲使其生于阶庭耳③。"

【注释】

①预:参与,牵涉。

②正:只。

③"譬如"二句:比喻希望美好、高洁的东西都能出自自己家门。芝兰,芝草和兰草,是芳香的草。玉树,传说中的仙树。二者都用来比喻才德之美。

【译文】

太傅谢安问众子侄:"你们打算怎样做人行事,而使自己能具有美好的名声呢?"大家都不说话。车骑将军谢玄回答说:"这就好比芝兰玉树,总想使它们生长在自家的庭院中啊!"

九三

【原文】

道壹道人好整饰音辞。从都下还东山,经吴中①。已而会雪下②,未甚寒。诸道人问在道所经。壹公曰:"风霜固所不论,乃先集其惨澹③;郊邑正自飘瞥,林岫便已皓然④。"

【注释】

①吴中:指春秋时吴国旧都,属吴郡。

②已而:不久。会:正好。

③惨澹：惨淡，色彩暗淡。

④飘瞥：飞掠。林岫（xiù）：树林、山峰。皓然：形容洁白。按：这两句说的是下雪。

【译文】

道壹和尚很会说话。他从京都回东山的途中，经过吴中。不久下起雪来，还不是很冷。回来后，和尚们问他途中见闻。道壹说："风霜固然不用说了，它却先凝聚起一片暗淡；郊野、村落还只是雪花飞掠，树林和山峰就已经白茫茫一片。"

九四

【原文】

张天锡①为凉州刺史，称制西隅②。既为苻坚所禽③，用为侍中。后于寿阳俱败，至都，为孝武所器。每入言论，无不竟日。颇有嫉己者，于坐问张："北方何物可贵？"张曰："桑椹甘香，鸱鸮革响④。淳酪养性，人无嫉心⑤。"

【注释】

①张天锡：张天锡在东晋兴宁元年（公元363年）杀张玄靓，自称凉州牧、西平公，实行地方割据，继承前凉政权。376年苻坚攻凉州，张天锡投降，前凉亡。后来在淝水之战中苻坚军败，张天锡于阵中逃出，归顺晋朝，任散骑常侍。按：凉州在今甘肃省。下文问及北方，就是指凉州。

②称制：伪称皇帝。西隅：西部地区。

③苻坚：苻坚在东晋升平元年（公元357年）称大秦天王，继承前秦政权，在十六国中最为强大。公元383年，苻坚举兵攻东晋，直下寿阳县。晋派谢石、谢玄与苻坚战于淝水，击败苻坚军。这就是淝水之战。禽：同"擒"。

④桑椹：桑葚。鸱鸮（chī xiāo）：鸟名。猫头鹰属于鸱鸮科。

⑤淳酪：醇厚的奶酪。按：张天锡以"人无嫉心"来讽刺那些嫉己者。

【译文】

张天锡任凉州刺史，在西部地区称王。被苻坚俘虏之后，任用为侍中。后来随苻坚攻晋，在寿阳县大败，便归顺晋朝，来到京都，得到晋孝武帝的器重。每次入朝谈论，没有不谈一整天的。很有一些妒忌他的人当众问他："北方什么东西可贵？"张天锡回答说："桑葚香甜，鸱鸮振翅作响。醇厚的乳酪怡情养性，人们没有妒忌之心。"

九五

【原文】

顾长康拜桓宣武墓①，作诗云："山崩溟海竭，鱼鸟将何依②？"人问之曰："卿凭重③桓乃尔，哭之状其可见④乎？"顾曰："鼻如广莫⑤长风，眼如悬河决溜⑥。"或曰："声如震雷破山，泪如倾河注海⑦。"

【注释】

①"顾长康"句:顾长康曾在桓温手下任参军,得到桓温的赏识,所以对桓温很感激。

②"山崩"二句:大意是:山倒塌了,海枯竭了,鱼儿鸟儿依靠什么?溟海,海。

③凭重:倚重。

④见:显现。

⑤广莫:广漠,这里指广漠的原野。《淮南子·坠形训》:"穷奇广莫,风之所生也。"北风也叫广莫风。

⑥悬河:形容瀑布,比喻河水倾泻不止。决溜:指河堤决口,河水急流。

⑦震雷:响雷。注:倒入。

【译文】

顾长康去拜谒桓温的陵墓,并且作诗说:"山崩溟海竭,鱼鸟将何依?"有人问他说:"你过去倚重桓温才会这样说,你痛哭桓温的情状大概可以描述描述吧?"顾长康说:"鼻息像旷野生风,眼泪像瀑布倾泻。"又一说是:"哭声像疾雷震破山岳,眼泪像江河倾泻大海。"

九六

【原文】

毛伯成既负其才气,常称:"宁为兰①摧玉折,不作萧敷艾荣②。"

【注释】

①兰：兰草，一种香草。

②萧：艾蒿。敷：花开。荣：草开花。

【译文】

毛伯成认为自己很有才气，常常声称："宁可做被摧残的香兰、被打碎的美玉，也不做开花的艾蒿。"

九七

【原文】

范宁作豫章，八日请佛有板①，众僧疑，或欲作答。有小沙弥②在坐末，曰："世尊③默然，则为许可。"众从其义。

【注释】

①八日请佛：当时风俗以为夏历四月八日是佛的生日，到这一天，请佛像供奉。板：写字用的木简。请佛时要上文书说明，写在板上，这就叫作板。晋时制度，板必须答复。

②沙弥：初出家的年轻和尚。

③世尊：佛教徒对释迦牟尼佛的尊称。

【译文】

范宁出任豫章太守的时候，四月八日他用文书向庙里请尊佛像，众和尚心存疑虑，是否要给一个答复。这时有个坐在末座上的小和尚说："世尊不说话，就是准许了。"大家都赞同他的意见。

九八

【原文】

司马太傅①斋中夜坐，于时天月明净，都无纤翳②，太博叹以为佳。谢景重③在坐，答曰："意谓乃不如微云点缀。"太傅因戏谢曰："卿居心不净，乃复强欲滓秽太清④邪？"

【注释】

①司马太傅：司马道子，晋简文帝的儿子，封会稽王，任太傅。
②纤翳：微小的遮蔽，指云彩。
③谢景重：谢重，字景重，在司马道子手下任骠骑长史。
④滓秽：污秽，玷污。太清：天。

【译文】

夜晚时，太傅司马道子在书房闲坐，此时的夜空明朗，月光皎洁，一点云彩也没有，太傅赞叹不已，认为美极了。当时谢景重也在座，回答说："私意以为倒不如有点微云点缀。"太傅便打趣谢景重说："你自己心地不干净，还硬要老天也不干净吗？"

九九

【原文】

王中郎甚爱张天锡，问之曰："卿观过江诸人，经纬江左轨辙①，有何伟异②？后来之彦③，复何如中原？"张曰："研求幽邃④，自王、何以还；因时修制，荀、乐⑤之风。"王曰："卿知见有余，何故为苻坚所制？"答曰："阳消阴息⑥，故天步屯蹇⑦，否剥⑧成象，岂足多讥？"

【注释】

①经纬：治理。轨辙：准则，法度。

②伟异：突出，特别。

③彦：有才学的人。

④幽邃（suì）：幽深，这里指玄学。

⑤修制：修订规章制度。荀：指荀颛、荀勖。晋初命荀颛定礼乐，他和羊祜等人一起撰定晋礼，荀勖与贾充共定律令。乐：指乐广，但乐广未曾修订法制。

⑥阳消阴息：古代的哲学概念，是两个对立面。息，增长。

⑦天步：国家的命运。屯蹇（jiǎn）：屯、蹇皆《周易》中卦名，卦象象征艰难险阻。

⑧否剥：否、剥皆《周易》中卦名，否卦象征天地不相交，剥卦象征阴盛阳衰，这里比喻时运不利。

【译文】

北中郎将王坦之很赏识张天锡，便问他："你看过江渚的人们治理江南的途径，有什么特别的地方吗？后起之秀，和中原人士相比又怎么样？"张天锡说："说到研讨深奥的玄学，自王弼、何晏以来是最好的了；说到根据时势修定规章制度，那就有荀颛、荀勖和乐广的作风。"王坦之说："你很有远见卓识，为什么会被苻坚挟制呢？"张天锡回答说："阳衰阴盛，所以国运艰难；我时运不好，难道这也值得大加讥笑吗？"

一〇〇

【原文】

谢景重女适王孝伯儿，二门公①甚相爱美。谢为太傅长史②，被弹，王即取作长史，带晋陵郡。太傅已构嫌孝伯③，不欲使其得谢，还取作咨议④，外示縶维⑤，而实以乖间⑥之。及孝伯败后，太傅绕东府⑦城行散，僚属悉在南门，要望⑧候拜。时谓谢曰："王甯异谋，云是卿为其计。"谢曾⑨无惧色，敛笏对曰："乐彦辅有言：'岂以五男易一女？'"太傅善其对，因举酒劝之曰："故自佳，故自佳！"

【注释】

①门公：即家公，指父亲。

②太傅：指司马道子。长史：官名，主管事务的长官，这里指任司马道子的骠骑长史。

③构嫌：结怨。按：晋孝武帝时，司马道子辅政，当时王孝伯（名恭，小名阿宁，故下文称王宁）任丹阳尹，迁中书令，后任兖、青二州刺史，他直言敢谏，所以司马道子对他又怕又恨。晋安帝隆安二年（公元398年）七月，王孝伯和殷仲堪、桓玄等以声讨王愉、司马尚之为名起兵反帝室，到九月败死。

④咨议：官名，指王府的咨议参军。

⑤縶（zhí）维：指罗致人才。

⑥乖间：离间。

⑦东府：司马道子的府第。

⑧要(yāo)望:迎候。
⑨曾:表示加强否定语气的副词。

【译文】

谢景重的女儿嫁给了王孝伯的儿子,两家的亲家公都很赞赏对方。谢景重做太傅司马道子的长史,被有些人检举了,王恭就请谢景重去做他的长史,并兼管晋陵郡。太傅跟孝伯早有嫌隙,不想让他拉走谢景重,又安排谢做咨议,表面上显示自己要罗致人才,实际上是用这种做法来离间他们两人。等到王孝伯起兵失败以后,有一次,太傅绕着住宅的围墙散步,一帮僚属都在南门迎候参拜。当时太傅对谢景重说:"王甯谋反,听说是你给他出的主意。"谢景重听后毫无惧色,从容地收拢笏回答说:"乐彦辅有句话:'难道会用五个儿子去换一个女儿?'"太傅认为他回答得好,便举起杯来劝他酒,并且说:"这当然很好,这当然很好!"

——〇——

【原文】

桓玄①义兴还后,见司马太傅,太傅已醉,坐上多客,问人云:"桓温来欲作贼②,如何?"桓玄伏不得起③。谢景重时为长史,举板答曰:"故宣武公黜昏暗,登圣明,功超伊、霍④,纷坛之议,裁之圣鉴⑤。"太傅曰:"我知,我知!"即举酒云:"桓义兴,劝卿酒!"桓出谢过。

【注释】

①桓玄:是桓温的儿子,曾出任义兴郡太守,不久离职,还

京都。

②桓温：任大司马、大将军，公元371年废晋帝为海西县公，并立司马道子的父亲为帝，就是简文帝。这就是下文说的"黜昏暗，登圣明"。桓温曾意欲篡夺，事未成就死了。这里说他"欲作贼"，就是说他要造反。桓温死后谥宣武。来：从来。也可能是"末"字之讹，指末年、晚年。

③伏：趴下。桓玄既因太傅直呼其父之名，加以大罪，羞愤难当，且怕太傅于醉中施以惩处，所以害怕得伏地不敢起。

④伊、霍：伊尹、霍光。伊尹是商汤时的宰相，助汤伐夏桀有功。汤死后，又辅佐其孙太甲。霍光受汉武帝遗诏辅佐昭帝，昭帝死，迎立宣帝。

⑤圣鉴：帝王的鉴识，这里指太傅的鉴识。

【译文】

桓玄从义兴回来后，就去谒见司马太傅。这时的太傅已经喝醉了，在座的还有很多客人，太傅就问大家说："桓温从来都想造反，怎么回事？"桓玄拜伏在地不敢起来。谢景重当时任长史，拿起手板来回答说："已故的宣武公废黜昏庸的人，扶助圣明君主登上帝位，功勋超过伊尹、霍光。至于那些乱纷纷的议论，只有靠太傅英明的鉴识来裁决了。"太傅说："我知道，我知道！"随即举起酒杯说："桓义兴，敬你一杯！"桓玄离开座位向太傅谢罪。

一〇二

【原文】

宣武移镇南州①，制街衢平直。人谓王东亭②曰："丞相初营建康，无所因承，而制置纡曲，方此为劣。"东亭曰："此丞相乃所以为巧。江左地促，不如中国。若使阡陌条畅③，则一览而尽；故纡余委曲④，若不可测。"

【注释】

①"宣武"句：晋哀帝兴宁二年（公元364年），大司马桓温兼任扬州牧。他先移镇春谷县的赭圻，并在此地筑城，第二年又往东移镇姑孰。姑孰在建康以南，又叫南洲（州）。

②王东亭：王珣，字元琳，王导之孙。大司马桓温辟为主簿，累迁尚书左仆射，封东亭侯。下文丞相指王导。王东亭意在夸耀自己的祖父王导的街道设计巧于桓温。

③阡陌：田间小路，这里指街道。南北方向的叫阡，东西方向的叫陌。条畅：又直又长，畅通无阻。

④纡余委曲：曲折。

【译文】

桓温移到南州后，他规划修建的街道又平又直。有人对东亭侯王珣说："丞相当初筹划修筑建康城的街道时，没有现成图样可以仿效，所以修筑得弯弯曲曲，和这里相比就显得差些。"王珣说："这正是丞相规划得巧妙的地方。江南地方狭窄，比不上中原。如果街道畅通无阻，就会一眼看到底；特意拐弯抹角，就给人一种幽深莫测的感觉。"

一〇三

【原文】

桓玄诣殷荆州，殷在妾房昼眠，左右辞不之通。桓后言及此事,殷云:"初不眠。纵有此,岂不以'贤贤易色①'也?"

【注释】

①贤贤易色:语出《论语·学而》。这句话有不同的理解,孔安国注《论语》以为"言以好色之心好贤人则善"。大意指尊重贤人,不重女色。

【译文】

桓玄去拜访荆州刺史殷仲堪,殷当时正在小妾的房内睡午觉,手下的侍从们谢绝给他通报。桓玄后来谈起这事,殷仲堪说:"我当初没有睡午觉。即使有这样的事,我怎能不把重贤之心代替爱色之欲呢?"

一〇四

【原文】

桓玄问羊孚:"何以共重吴声?"羊曰:"当以其妖而浮①。"

【注释】

①妖:姣美。浮:轻柔。

【译文】

桓玄问羊孚:"为什么都那么看重吴地歌曲呢?"羊孚说:"自然是因为大家都认为它又婉转动听又轻柔。"

一〇五

【原文】

谢混问羊孚:"何以器举瑚琏①?"羊曰:"故当以为接神之器。"

【注释】

①瑚琏:古代祭祀时盛粮食的器皿,是相当尊贵的。据《论语·公冶长》记载,孔子说子贡是一个器皿,子贡问是什么器皿,孔子说是瑚琏。

【译文】

谢混问羊孚:"为什么说到器皿就要举出瑚琏?"羊孚说:"自然是因为它是迎神的器皿。"

一〇六

【原文】

桓玄既篡位后①,御床微陷,群臣失色。侍中殷仲文②进曰:"当由圣德渊重,厚地所以不能载。"时人善之。

【注释】

①"桓玄"句:晋安帝元兴元年(公元402年)下诏讨伐桓玄,

桓玄就举兵东下建康，总理朝政，杀会稽王司马道子。第二年桓玄称帝，国号楚，并改元永始，废晋安帝为平固王。公元404年，刘裕等起兵讨伐桓玄，桓玄兵败被杀。

②殷仲文：桓玄的姐夫，桓玄攻入京都后，殷便离开新安太守职，投奔桓玄，任咨议参军。桓玄将要篡位，派他总领诏命，以为侍中。

【译文】

桓玄篡位做了皇帝以后，他的坐床稍微有些下陷，大臣们都大惊失色。侍中殷仲文上前说："这是由于皇上德行深厚，以致大地承受不起。"当时的人很赞赏这句话。

一〇七

【原文】

桓玄既篡位，将改置直馆①，问左右："虎贲中郎省应在何处？"有人答曰："无省②。"当时殊忤旨。问："何以知无？"答曰："潘岳《秋兴赋叙》曰：'余兼虎贲中郎将，寓直散骑③之省。'"玄咨嗟称善。

【注释】

①直馆：值班用的馆舍。

②省：官署名。虎贲中郎省是虎贲中郎将的官署，虎贲中郎将是统领近卫军的将军。桓玄想恢复虎贲中郎将，不知是否应该当值，官署应置于何处，所以发问。

③散骑：官名，即散骑常侍，在皇帝左右规谏过失，以备顾问。按：当时没有将校省，故寄宿在散骑省。

【译文】

桓玄篡位之后，准备另行设立值班官署，就问左右的侍从："虎贲中郎省应该设置在哪里？"有人回答说："没有这个省。"这个回答在当时特别违抗圣旨。桓玄问："你怎么知道没有？"那个人回答说："潘岳在《秋兴赋叙》里说过：'我兼任虎贲中郎将，寄宿在散骑省值班。'"桓玄赞赏他说得好。

一〇八

【原文】

谢灵运好戴曲柄笠①，孔隐士②谓曰："卿欲希心高远③，何不能遗曲盖④之貌"？谢答曰："将不畏影者⑤未能忘怀？"

【注释】

①谢灵运：南朝宋诗人，曾任永嘉太守、临川内史等职，也曾在会稽隐居了一段时间；喜欢遨游山水，以写山水诗著名。曲柄笠："笠上有柄，由而后垂，绝似曲盖之形"。

②孔隐士：孔淳之，在上虞山隐居。

③希心：仰慕，倾心。高远：指德行高尚、志趣远大。

④曲盖：帝王、大官外出时的一种仪仗，盖如伞状，柄弯曲。孔淳之因为曲柄笠和曲盖相像，就借以讽刺谢灵运没有忘掉富贵。

⑤将不：恐怕，表示测度而意思偏于肯定。畏影者：害怕自己

影子的人。《庄子》中有一个寓言：一个人害怕自己的影子，想甩开它，就拼命逃跑，可是影子仍然跟着他，结果跑得气绝身死。谢灵运是说，只有畏影者心里才有个影子，如果不想到富贵，就不会怕富贵的影子，而孔隐士恐怕才是不能忘怀于富贵的人。

【译文】

　　谢灵运喜欢戴曲柄斗笠，隐士孔淳之就对他说："你仰慕德高志远的人，为什么不能抛开曲盖状的形貌呢？"谢灵运回答说："恐怕像那个害怕影子的人还不能忘记影子的缘故吧！"

政事第三

【题解】

政事指行政事务,具体指处理政务的才能和值得效法的手段。晋代士族阶层为了巩固自己的政权,必然要维护法制,严格执法,强化国家机构的管理,这就要重视政事和官吏的政绩。

首先是政治主张问题。是实行德政还是依靠法治,这是从政者一向关注的问题。本篇倾向仁德治国。例如第三则说:"强者绥之以德,弱者抚之以仁,恣其所安。"第十九则也说:"桓公在荆州,全欲以德被江、汉,耻以威刑肃物。"但是历代统治者的政治措施很少宽厚待民和给百姓以恩惠,所谓德政,常是停留在口头上。第十六则实际提出了主张仁政和"处杀戮之职"是否矛盾的问题。而论到施政方针,多主张施行"猛政",使人不敢犯法。例如晋武帝登位,便要贾充定律令。因不立法,就无以执法。对行为危及忠孝和人伦关系的,主张严惩;违法乱纪,决不饶恕。例如不忠不孝,其罪莫大,杀无赦;又如生子不养,比盗杀财主之罪还大;以此镇压无视国法的豪强。至于读书人因受业偶犯宵禁,个别小偷小摸现象,可以不理,以示宽政。在律令完备以后,只要依法令行事就可以了。

魏晋时代,清谈盛行,甚至因之废弃政务,很多人对此持否定态度,而主张看重事功,勤于政事。第十八则把这一问题提到生死存亡的高度来认识。至于选拔官员,则主张选贤任能,做到"举无失才"。对为官者也有多方面的要求:要注意待人接物,要有远见卓识,办事不能唯命是从,如果"觉其不可",就应该"翻异",等等。可见本篇篇幅虽然不大,所涉及的问题还是相当广泛的。

一

【原文】

陈仲弓为太丘长,时吏有诈称母病求假,事觉,收之,令吏杀焉。主簿请付狱考众奸①,仲弓曰:"欺君不忠,病母不孝。不忠不孝,其罪莫大。考求众奸,岂复过此!"

【注释】

①考:查究。众奸:指诸多犯法的事。

【译文】

陈仲弓当太丘县县长时,官吏中有一个人谎称母亲有病要求请假,事情被发觉,陈仲弓就逮捕了他,并命令狱吏处死。主簿请求交给诉讼机关查究其他犯罪事实,陈仲弓说:"欺骗君主就是不忠,诅咒母亲生病就是不孝;不忠不孝,没有比这个罪状更大的了。查究其他罪状,难道还能超过这件吗!"

二

【原文】

陈仲弓为太丘长,有劫贼杀财主①,主者捕之。未至发所②,道闻民有在草③不起子者,回车往治之。主簿曰:"贼大,宜先按讨。"仲弓曰:"盗杀财主,何如骨肉相残?④"

【注释】

①财主:财货的主人(不是现代所说的富家)。
②发所:出事地点。
③在草:生孩子。草,产蓐。晋时分娩多用草垫着。
④"盗杀"二句:意指母子相残,违逆天理人伦,要先处理,而杀人只是违反常理。

【译文】

陈仲弓当太丘县县长时,有强盗抢劫财物杀了人,主管官吏捕获了强盗。陈仲弓前去处理,还没到出事地点,半路上听说有家老百姓生下孩子不肯养育,便掉头去处理这件事。主簿说:"杀人事大,应该先查办。"仲弓说:"强盗杀物主,怎么会比骨肉相残这件事重大?"

三

【原文】

陈元方①年十一时,候袁公②。袁公问曰:"贤家君在太丘，远近称之，何所履行③？"元方曰："老父在太丘，强者绥之以德，弱者抚之以仁，恣其所安，久而益敬。"袁公曰："孤④往者尝为邺令，正行此事。不知卿家君法孤，孤法卿父？"元方曰："周公、孔子，异世而出，周旋动静⑤，万里如一。周公不师孔子，孔子亦不师周公。"

【注释】

①陈元方：陈仲弓的儿子。
②袁公：未知指何人，一说指袁绍。
③何所履行：所履行是何，执行的是什么？
④孤：古代是王侯的自称。
⑤周旋：指应酬、揖让一类礼节活动。动静：行止，行动。

【译文】

陈元方十一岁时，有一次去拜候袁公。袁公问他："令尊在太丘县任职时，附近的人们都称颂他，他是怎么治理的呢？"元方说："老父在太丘时，对强者就用恩德来安抚他，对弱者就用仁爱来抚慰他，放手让他们安居乐业，时间久了，就更加受到敬重。"袁公说："我过去曾经做过邺县县令，正是用的这种办法。不知道是你父亲效法我呢，还是我效法你父亲？"元方说："周公、孔子生在两个不同的时代，他们的礼仪举止，虽然相隔很远也如出一辙。周公没有效法孔子，孔子也没有效法周公。"

四

【原文】

贺太傅①作吴郡,初不出门。吴中诸强族轻之②,乃题府门云:"会稽鸡,不能啼。"贺闻,故出行,至门反顾,索笔足之曰:"不可啼,杀吴儿。"于是至诸屯邸③,检校诸顾、陆役使官兵及藏逋亡④,悉以事言上,罪者甚众。陆抗⑤时为江陵都督,故下请孙皓⑥,然后得释。

【注释】

①贺太傅:贺邵,字兴伯,会稽郡山阴县人,三国时吴国人,任吴郡太守,后升任太子太傅。

②吴中:吴郡的政府机关在吴,即今江苏省苏州市吴中区和相城区。强族:豪门大族。

③屯邸:庄园。

④检校:查核。逋(bū)亡:逃亡。战乱之时,赋役繁重,贫民多逃亡到士族大家中藏匿,给他们做苦工,官府也不敢查处。

⑤陆抗:吴郡人,丞相陆逊之子,孙策外孙。

⑥下:当时陆抗所在的江陵居上游,孙皓所在的建业居下游,故说"下"。孙皓:三国时吴国的亡国君主,公元280年晋兵攻陷建业,孙皓投降,吴亡。孙皓和陆抗有亲戚关系。

【译文】

太子太傅贺邵当吴郡太守时,起初不出门。吴郡的所有豪门士族都轻视他，竟在官府大门写上"会稽鸡，不能啼"的字样。贺邵听说后，故意外出，走出门口，回过头来看，并且要来笔在句下补上一句："不可啼，杀吴儿。"于是到各大族的庄园，查核顾姓、陆姓家族奴役官兵和窝藏逃亡户口的情况，然后把事情本末全部报告朝廷，获罪的人非常多。当时陆抗正任江陵都督，也受牵连，便特意往建业请求孙皓帮助，这才得以了结。

五

【原文】

山公以器重朝望①，年逾七十，犹知管时任②。贵胜③年少若和、裴、王之徒，并共言咏。有署阁④柱曰："阁东有大牛，和峤鞅⑤，裴楷鞦⑥，王济剔嬲⑦不得休。"或云潘尼⑧作之。

【注释】

①山公：山涛。朝望：在朝廷中有声望。
②知管：主管。时任：当时的重任。按：山涛当时任吏部尚书，所谓知管时任，是说他还亲自主持官吏的任免考选工作。
③贵胜：权贵。
④阁：阁道，楼与楼之间的架空复道。
⑤鞅：驾车时套在牛马脖子上的皮套子。
⑥鞦：驾车时拴在牛马屁股后的皮带。
⑦剔嬲（niǎo）：挑逗纠缠。
⑧潘尼：字正叔，潘岳之侄。他在山涛死后才入朝为官，似不可能作此。按：《晋书·潘岳传》载，潘岳才名冠世，而不得志，又

看见王济、裴楷为皇帝所宠爱，便题阁道说："阁道东，有大牛，王济鞅，裴楷鞧，和峤刺促不得休。"

【译文】

山涛因在朝廷中有威望而受到器重，年纪已过七十的他，还照旧担当重任。一些权贵家子弟，如和峤、裴楷、王济等人都一起给他歌功颂德。于是有人在阁道的柱子上题道："阁道东边有大牛，和峤在牛前，裴楷在牛后，王济在中间挑逗纠缠不得休。"有人说这是潘尼干的。

六

【原文】

贾充①初定律令，与羊祜共咨太傅郑冲②。冲曰："皋陶③严明之旨，非仆暗懦所探。"羊曰："上意欲令小加弘润④。"冲乃粗下意。

【注释】

①贾充：字公闾，在魏朝任廷尉，主管诉讼刑狱；到晋武帝登位时，任尚书仆射，与裴楷共定科令，制定《晋律》。

②郑冲：字文和，深研儒术和百家之言，动必循礼。魏齐王时拜司空，转司徒。晋武帝即位，拜太傅。高贵乡公时，司马昭辅政，命贾充、羊祜等分定礼仪、法令，他们都先咨询郑冲，然后才公布。

③皋陶（yáo）：舜时的法官，制定了法令。

④弘润：扩充润色。

【译文】

贾充起初拟定法令时，就与羊祜一起去征求太傅郑冲的意见。郑冲说："皋陶制定法令的那种严肃而公正的宗旨，不是我这种愚昧软弱的人所能探测的。"羊祜说："圣上想要叫你稍加补充润色。"郑冲这才概略地说出自己的意见。

七

【原文】

山司徒前后选①，殆周遍百官，举无失才，凡所题目②，皆如其言。唯用陆亮③，是诏所用，与公意异，争之，不从。亮亦寻为贿败。

【注释】

①"山司"句：山涛在魏代曾任尚书吏部郎，到晋武帝时又任吏部尚书，后来升司徒。吏部是负责选拔任免官吏的，山涛曾两次担任此职，所以说前后选。

②题目：品评。按：《晋书·山涛传》载，山涛两次任选职共十多年。每一官缺，就拟出几个人，由皇帝挑选；凡所奏甄拔人物，都各作品评。

③"唯用"句：当时吏部郎出缺，山涛推荐阮咸，贾充则推荐自己的亲信陆亮；晋武帝选用了陆亮，山涛反对无效。后来陆亮因犯罪撤职。

【译文】

司徒山涛前后两次任职选官,几乎考察遍了朝廷内外百官,选用的人没有一个是不称职的;凡是他品评过的人物,都像他所说的那样。只有任用陆亮是皇帝的命令决定的,和山涛的意见不同,他为这事力争过,皇帝没有听从。不久陆亮因为受贿而被撤职。

八

【原文】

嵇康被诛后,山公举康子绍为秘书丞①。绍咨公出处②,公曰:"为君思之久矣。大地四时,犹有消息③,而况人乎!"

【注释】

①秘书丞:秘书省的属官,掌管图书典籍。

②出处:出仕和退隐。嵇康是被晋文帝司马昭杀害的,而山涛却把他的儿子嵇绍推荐到晋武帝朝为官,嵇绍必然有所考虑。

③消息:消长,减少和增长。按:山涛以为,四季也有变化,人的进退出处也应按不同情况而定。

【译文】

嵇康被杀以后,山涛举荐嵇康的儿子嵇绍担任秘书丞。嵇绍去和山涛商量是否出任,山涛说:"我替您考虑很久了。天地间一年四季,也还有交替变化的时候,何况是人呢!"

九

【原文】

王安期①为东海郡,小吏盗池中鱼,纲纪②推之。王曰:"文王之囿③,与众共④之。池鱼复何足惜?"

【注释】

①王安期:王承,字安期,累迁东海内史。
②纲纪:主簿(主管府中事务的官)。
③文王:周文王。囿(yòu):养禽兽的园子。
④共:共同使用。《孟子·梁惠王下》载,周文王有个方圆七十里的园囿,人们可以到那里去打柴、打猎。

【译文】

王承任东海郡内史时,有个小吏偷了水池中的鱼,主簿查究这件事。王安期说:"周文王的猎场是和百姓共同使用的。池塘中的几条鱼又有什么值得吝惜的呢?"

一〇

【原文】

王安期作东海郡,吏录一犯夜①人来。王问:"何处来?"云:"从师家受书还,不觉日晚。"王曰:"鞭挞宁越②以立威名,恐非致理③之本。"使吏送令归家。

【注释】

①录：拘捕。犯夜：触犯夜行禁令。按：《晋律》禁止夜间通行。

②宁越：人名，这里指读书人。《吕氏春秋》载，有人告诉宁越，要学习三十年才能学有所成，宁越说：我不休息，刻苦学习十五年就行。十五年后，宁越成为周威公的老师。

③致理：致治。招致太平，获得政绩。"理"当作"治"，大概是唐代避唐高宗李治的讳而改动的。

【译文】

王安期任东海郡内史时，一次，差役们逮捕了一个违犯宵禁的人。王安期审问他："从哪里来的？"那个人回答说："从老师家学完功课回来，没想到时间太晚了。"王安期听后说："处分一个读书人来树立威名，恐怕不是获得治绩的根本办法。"便派差役送他出去，叫他回家。

——

【原文】

成帝在石头，任让在帝前戮侍中钟雅、右卫将军刘超①。帝泣曰："还我侍中！"让不奉诏，遂斩超、雅。事平之后，陶公与让有旧，欲宥之。许柳②儿思妣者至佳，诸公欲全之。若全思妣，则不得不为陶全让，于是欲并宥之。事奏，帝曰："让是杀我侍中者，不可宥！"诸公以少主③不可违，并斩二人。

【注释】

①"成帝"句：晋成帝咸和二年（公元327年），历阳内史苏峻起兵反帝室，咸和三年攻陷建康，并把晋成帝迁到石头城。不久苏峻败死，其弟苏逸立为主。咸和四年正月，侍卫晋成帝的钟雅、刘超二人密谋把成帝救出，被发觉，苏逸便派部将任让领兵入宫杀了钟、刘。二月苏逸败死。

②许柳：苏峻起兵反晋时，豫州刺史祖约派许柳率兵与苏峻会合。苏峻攻陷建康后，任许柳为丹阳尹。失败后，许柳被杀。

③少主：指晋成帝司马衍。按：成帝即位时，年仅四岁，到这时也只七八岁。

【译文】

晋成帝被劫持到石头城后，叛军任让在成帝面前杀了侍中钟雅和右卫将军刘超。成帝哭着说："还我侍中！"任让不听命令，终于斩了刘超和钟雅。等到叛乱平定以后，陶侃因为和任让有老交情，就想赦免他。另外叛军许柳有个儿子叫思妣，很有才德，大臣们也想保全他。可是要想保全思妣，就不得不为陶侃保全任让，于是就想把两个人一起赦罪。当把处理办法上奏成帝时，成帝说："任让是杀我侍中的人，不能赦罪！"大臣们认为不能违抗成帝命令，就把两人都杀了。

一二

【原文】

王丞相拜扬州，宾客数百人并加沾接①，人人有说色②。

唯有临海一客姓任及数胡人为未洽③。公因便还到过任边,云:"君出,临海便无复人。"任大喜说。因过胡人前,弹指④云:"兰阇④,兰阇!"群胡同笑,四坐并欢。

【注释】

①沾接:款待。

②说色:悦色。

③胡人:此指胡僧,即外国和尚。洽:指沾光,受到款待。

④弹指:搓手指出声。在佛经中也用来表示欢喜、许诺等意思。

⑤兰阇(shé):可能是梵语的音译,对它的词义有不同解释,如解为褒誉之辞,寂静处,宣讲佛法的法师,请高兴些吧,赞美他人的敬称,等等。

【译文】

丞相王导出任扬州刺史时,来道贺的几百名宾客都得到了款待,人人都面带笑容。只有临海郡一位任姓客人和几位外国和尚还没有接谈过。王导便找机会转身走到任氏身边,对他说:"您出来了,临海就不再有人才了。"任氏听了,非常高兴。王导于是又走到胡僧面前,弹着手指说:"兰阇,兰阇!"胡僧们都笑了,四周的人都很高兴。

一三

【原文】

陆太尉①诣王丞相咨事,过后辄翻异,王公怪其如此。后以问陆,陆曰:"公长民短②,临时不知所言,既后觉其不可耳。"

【注释】

①陆太尉:陆玩,字上瑶,吴郡吴人,曾任尚书左仆射、司空,赠太尉。在他任尚书左仆射时,王导为司徒、录尚书事,总揽朝政,所以他遇事要去请示王导。

②公长民短:您名位尊贵我名位卑微。按:王导兼任扬州刺史,陆玩是扬州吴郡人,所以谦称为"民"。

【译文】

太尉陆玩到丞相王导那里去请示处理公事,商量好了的事情,过后往往推翻改变。王导奇怪他怎么这样。后来拿这事问陆玩,陆玩回答说:"公名高位尊,我名位卑微,临时不知该说什么,过后觉得那样做不行罢了。"

一四

【原文】

丞相尝夏月至石头看庾公①。庾公正料事,丞相云:"暑,可小简之。"庾公曰:"公之遗事,天下亦未以为允。"

【注释】

①庾公:庾亮。参《德行》第三十一则注①。公元322年晋明帝嗣位,王导参辅朝政。公元325年晋成帝登基,王导和庾亮参辅

朝政。这一则所叙之事大概就发生在此后几年内。

【译文】

一年夏天,丞相王导曾经到石头城去看望庾亮。庾亮正在处理政事,王导说:"天气热,可以稍为简略一些。"庾亮说:"如果您留下些公事不办,天下人也未必认为妥当!"

一五

【原文】

丞相末年,略不复省事①,正封篆诺之②。自叹曰:"人言我愦愦③,后人当思此愦愦。"

【注释】

① "丞相"二句:王导辅佐晋元帝、明帝、成帝三世,为政宽和得众,事从简易,晚年更是如此。
② 封篆:文书,指奏章、公文、簿籍等。诺:画诺,签字。
③ 愦愦:糊涂,昏乱。

【译文】

王导晚年,几乎不再处理政事,仅仅在封好的文书上签字同意。他自己感叹地说:"人家说我老糊涂,后人当会想念这种糊涂。"

一六

【原文】

陶公性检厉，勤于事。作荆州时，敕船官悉录锯木屑，不限多少，咸不解此意。后正会①，值积雪始晴，听事②前除雪后犹湿，于是悉用木屑覆之，都无所妨。官用竹，皆令录厚头③，积之如山。后桓宣武伐蜀④，装船⑤，悉以作钉。又云，尝发所在竹篙，有一官长连根取之，仍当足⑥，乃超两阶⑦用之。

【注释】

①正会：正月初一皇帝朝会群臣，接受朝贺的礼仪；封疆大臣也在这一天会见僚属。
②听事：处理政事的大堂。
③厚头：靠近根部的竹头。
④伐蜀：西晋惠帝时，李雄据蜀（今四川）建立割据政权，国号成，后改为汉，史称成汉或后蜀。公元342年，传位于李势。公元346年桓温出兵伐蜀，到次年攻占成都，李势投降，成汉亡。
⑤装船：组装战船。
⑥当足：当作竹篙的铁足。撑船舷的竹篙，头部包上铁制的部件，就是铁足。这个官长用竹根代替铁足，既善于取材，又节省了铁足。
⑦两阶：两个等级。晋代把官阶分为九个等级，叫作九品。

【译文】

陶侃本性方正严肃，工作勤恳。他任荆州刺史时，命令负责建造船只的官员把木屑全部收集起来，不管多少都要，大家都不明白这是什么用意。后来到正月初一贺年时，正碰上连日下雪刚刚转晴，正堂前的台阶雪后还是湿漉漉的，于是全用木屑铺上，就一点也不妨碍出入了。官府用的竹子，都叫把竹头收集起来，堆积如山。后来桓温讨伐后蜀，要组装战船，这些竹头就都用来做了钉子。又听说陶侃曾经征调过当地的竹篙，有一个主管官员把竹子连根砍下，就用根部当作铁足，陶侃便把他连升两级来任用。

一七

【原文】

何骠骑①作会稽，虞存弟謇作郡主簿，以何见客劳损，欲白②断常客，使家人节量择可通者③。作白事④成，以见存。存时为何上佐⑤，正与謇共食，语云："白事甚好，待我食毕作教。"食竟，取笔题白事后云："若得门庭长如郭林宗者⑥，当如所白。汝何处得此人？"謇于是止。

【注释】

①何骠骑：何充，字次道，曾任会稽内史、骠骑将军、扬州刺史，死后赠司空。

②白：下对上的说明，陈述。

③节量：适量，限量。据《品藻》篇载，"何次道为宰相，人有讥其信任不得其人"。可知何充和什么人都交往，所以虞謇（jiǎn）希望断常客。

④白事：陈述意见的呈文，报告。

⑤上佐：高级佐官的通称，如别驾、治中、长史等。据余嘉锡《世说新语笺疏》考证，虞存当时任治中。治中主管州郡的文书，是要职。因为主管文书，虞謇要先见虞存，而虞存也能题白事后。

⑥门庭长：当作门亭长，主管守门的官。郭林宗：郭泰，字林宗，很有眼力，品评人物很准确。

【译文】

骠骑将军何充任会稽内史时，虞存的弟弟虞謇正担任郡主簿，因为何充见客太多，劳累过度，就想禀告何充谢绝那些常客，让手下人酌量选择可以交往的才通报。他拟好一份呈文，便拿给虞存看。虞存这时担任何充的上佐，正和虞謇一起吃饭，告诉他说："这个呈文很好，等我吃完饭再作批示。"吃过了饭，拿起笔在呈文后面签上意见说："如果能找到一个像郭林宗那样有眼力的人做门亭长，一定照所陈述的意见办。可是你到哪里去找这样的人？"虞謇于是作罢。

一八

【原文】

王、刘与林公①共看何骠骑，骠骑看文书，不顾之。王谓何曰："我今故与林公来相看，望卿摆拨常务，应对玄言②，那得方低头看此邪？"何曰："我不看此，卿等何以得存？"诸人以为佳。

【注释】

①王、刘：王濛、刘惔。都是当时有名的清谈家。林公：支道

林和尚，也是善谈老庄的。

②玄言：也称玄谈或清谈，崇尚虚无，专谈玄理。

【译文】

王濛、刘惔和支道林一起去看望骠骑将军何充，此时何充正在看公文，没有搭理他们。王濛对何充说："我们今天特意与林公一起来看望你，希望你摆脱日常事务，和我们谈论玄学，哪能还低着头看这些东西呢？"何充说："我不看这些东西，你们这些清谈家怎么能生存呢？"大家认为说得很好。

一九

【原文】

桓公①在荆州，全欲以德被②江、汉，耻以威刑肃物③。令史④受杖，正从朱衣⑤上过。桓式年少，从外来，云："向从阁⑥下过，见令史受杖，上捎⑦云根，下拂地足。"意讥不著。桓公云："我犹患其重。"

【注释】

①桓公：桓温。桓温在晋穆帝永和元年（公元345年），都督荆、司、雍、梁、益、宁六州诸军事，兼任荆州刺史。荆州包括长江、汉水部分地区。

②被：施加。

③肃物：严峻地对待人，警诫人。

④令史：官名，掌管文书。

⑤朱衣：红色官服。
⑥阁：官署。
⑦捎：轻轻擦过。

【译文】

桓温在荆州刺史任上时，一心想用恩德来对待江、汉地区的百姓们，认为用威势严刑来整治人民是可耻的。有一次，一位令史受杖刑，木棒只从令史的红衣上擦过。这时桓温的儿子桓式年纪还小，从外面进来，对桓温说："我刚才从官署门前走过，看见令史受杖刑，木棒子举起来高拂云脚，落下时低擦地面。"意思是讥讽唯独没有碰到令史身上。桓温说："我还担心这也太重了呢。"

二〇

【原文】

简文为相，事动经年，然后得过。桓公甚患其迟，常加劝勉。太宗①曰："一日万机，那得速！"

【注释】

①太宗：晋简文帝的庙号。或称谥号，或称庙号，这是随意的。简文帝在公元372年登位，在这以前曾任丞相。

【译文】

简文帝担任丞相的时候，处理事务总是要整年的时间才能批复完成。桓温很担心这太慢了，经常加以劝说鼓励。简文帝说："一天有成千上万件事，哪里快得了呢！"

二一

【原文】

山遐①去东阳,王长史②就简文索东阳,云:"承藉猛政,故可以和静致治。"

【注释】

①山遐:字彦林,任东阳郡太守,处事严厉,多用刑杀,郡境肃然。后来死在任上。

②王长史:王濛。在简文帝辅政时任司徒左长史,后请求出任东阳太守,简文帝不答应。

【译文】

山遐离开东阳太守之任后,左长史王濛到简文帝那里要求继任东阳太守一职,说道:"凭借前任严厉的措施,我自然可以用宽和的、清静无为的办法使得社会安定。"

二二

【原文】

殷浩①始作扬州,刘尹行,日小欲晚,便使左右取襆②。人问其故,答曰:"刺史严,不敢夜行③。"

【注释】

①殷浩:字渊源,在永和二年(公元346年)出任扬州刺史。因父死,去职;除服后,再任扬州刺史。按:当时刘惔还没有就任丹阳尹。

②襆(fú):包袱,行李。

③"不敢"句:当时有宵禁,夜行者犯禁。

【译文】

殷浩刚刚担任扬州刺史一职时,丹阳尹刘惔想要外出,太阳即将下山,便叫随从拿出被褥,要住下。人家问他什么原因,他回答说:"刺史严厉,我不敢夜间赶路。"

二三

【原文】

谢公①时,兵厮②逋亡,多近窜南塘③下诸舫中。或欲求一时搜索,谢公不许。云:"若不容置此辈,何以为京都?"

【注释】

①谢公:谢安。按:谢安辅政时,中原战乱,豪强兼并,赋役繁重,百姓流离失所,没有户口者无数,谢安主张施行德政,不宜扰民,不同意搜求这些人。

②厮:服杂役的人,差役。

③南塘:南岸,指秦淮河南岸。

【译文】

谢安辅政时,士兵仆役们时常逃亡,大多数就近躲藏在南塘下的船中。有人请求谢安同时搜索所有船只,谢安不答应。他说:"如果不能宽恕这些人,又怎么能治理好京都?"

二四

【原文】

王大为吏部郎①,尝作选草②,临当奏,王僧弥③来,聊出示之。僧弥得,便以己意改易所选者近半,王大甚以为佳,更写即奏。

【注释】

①吏部郎:官名,尚书省内分科主事的长官。
②选草:拟举荐授官的人员的名单初稿。
③王僧弥:王珉,小名僧弥,曾任散骑郎、黄门侍郎。按:这一则说明,两人的目的都是要举荐贤能人士,王僧弥不怕越权之讥,王大也没有认为别人侵犯了自己的职权。

【译文】

王忱担任吏部郎时,曾起草过一份选任官员的名单,正要上奏的时候,王僧弥来了,王忱就随手拿出来给他看。王僧弥趁机按自己的意见改换了将近半数的候选名字,王大认为改得非常恰当,就另外誊清一份,随即上奏。

二五

【原文】

王东亭与张冠军①善。王既作吴郡,人问小令②曰:"东亭作郡,风政何似③?"答曰:"不知治化④何如,唯与张祖希情好⑤日隆耳。"

【注释】

①张冠军:张玄,字祖希,任吏部尚书,后任冠军将军(冠军是将军的名号)、会稽内史。张玄很有才学,名望很高,仅次于谢玄,当时称两人为南北二玄。

②小令:王珉,字僧弥,是王珣的弟弟。先前王献之任中书令,后来王珉接任中书令,当时称大小王令。

③风政:风化政绩(风化指风俗教化)。

④化:教化,感化。

⑤情好:交情。按:王珉没有直接赞美自己的哥哥,而是通过说明与张玄的关系来肯定他。

【译文】

东亭侯王珣和冠军将军张玄两人非常友好。王珣任吴郡太守以后,有人问中书令王珉说:"东亭任郡太守,民风和政绩怎么样?"王珉回答说:"不了解政绩教化怎么样,只是看到他和张祖希的交情一天比一天深厚就是了。"

二六

【原文】

殷仲堪①当之荆州，王东亭问曰："德以居全为称②，仁以不害物为名。方今宰牧华夏③，处杀戮之职，与本操将不乖乎？"殷答曰："皋陶造刑辟④之制，不为不贤；孔丘居司寇⑤之任，未为不仁。"

【注释】

①殷仲堪：孝武帝时授殷仲堪都督荆、益、宁三州军事，振威将军，荆州刺史，镇江陵。据《晋书·殷仲堪传》载，他主张"王泽广润，爱育苍生"，故有下文的疑问。
②居全：处于完善的情况，指具有全德。全德，指完美无缺的德行。称：称号，名称。
③宰牧：治理。华夏：中国古称华夏，这里实指晋朝的中部地区。
④刑辟：刑法，法律。
⑤司寇：掌管刑狱的官。孔子曾任鲁国司寇。

【译文】

殷仲堪正要前往荆州去就任刺史之职，东亭侯王珣问他："具有完美的品格称为德行，不伤害人就称为仁爱。现在你要去治理中部地区，处在有生杀大权的职位上，这和你原来的操守恐怕违背了吧？"殷仲堪回答说："帝舜时的法官皋陶制定了刑法，不算不贤德；孔子担任了司寇的职责，也不算不仁爱。"

文学第四

【题解】

文学指文章博学,包括辞章修养、学识渊博等内容。本篇所载,很多是有关清谈的活动,编纂者以之为文学活动而记述下来。

魏晋时代,清谈的名士们不但高谈老庄,而且一些人还留心佛教经义,跟佛教徒关系密切,这已经形成一种文学风气。他们经常聚会,清谈名理。所谈内容,有些条目会具体点明是某一篇、某一问题。例如谈及《庄子·逍遥游》篇,佛教经典《小品》,道家的"有、无"两个哲学范畴,才性问题等。有时又只泛泛说是"共谈析理""标榜诸义""标新理""立异义"。在记叙中,会借叙事来赞扬或讥讽某人,更多的是欣赏其人的才华、辞藻。例如说"才藻新奇,花烂映发","才峰秀逸,既自难干,加意气拟托,萧然自得"。许多条目还描绘了清谈的各种场面和气氛。例如"彼我奋掷麈尾","理小屈,游辞不已","不觉流汗交面","一坐同时抚掌而笑,称美良久"。还记下有人甚至因清谈得病或提为高官。例如,卫玠因通宵达旦地清谈,"于是病笃,遂不起";张凭清谈"言约旨远,足畅彼我之怀,一坐皆惊","即用为太常博士"。从这些记载里足以看出当时士大夫对清谈的迷恋,他们认为善谈名理就是博学多通的表现。

本篇还用部分条目记下对人物、文章的各种评论。除了在清谈中对人物有所褒贬外,在别的场合也会对某一类或某一个人有所评论。例如论及北方人和南方人做学问的差异,第七十七则引述《扬都赋》对两个人的赞美,第九则记下对一个人的评语。对文章、书籍的评论更为常见。有对古诗文中某一两句的赞赏,也有对一书、一文的评价;有的直接谈论是非得失,有的借讨论问题间接流露自己的看法。另外还有一些探讨问题的问答,也因受到编纂者的赏识而收录。

在本篇开头,有几则记载一些古书注释的活动和情况,例如谈及历算,这些跟经术和卜筮有关,也属博学多闻之列。至于那些跟文学并无多少联系的条目,就不多说了。

一

【原文】

郑玄在马融门下①,三年不得相见,高足弟子传授而已。尝算浑天②不合,诸弟子莫能解。或言玄能者,融召令算,一转便决,众咸骇服。及玄业成辞归,既而融有"礼乐皆东"③之叹,恐玄擅名而心忌焉。玄亦疑有追,乃坐桥下,在水上据屐。融果转式④逐之,告左右曰:"玄在土下水上而据木,此必死矣。"遂罢追。玄竟以得免。

【注释】

①郑玄:字康成,东汉末高密(今山东省高密市)人,著名经学家,遍注群经,精通历算。马融:字季长,东汉大经学家。

②浑天：古代的一种天体学说和大体算法。古代的天体论中有浑天说，以为天像鸟蛋，地像蛋黄，日月星辰绕南、北两极旋转。人们就用这种观点去推算日月星辰的位置。

③礼乐皆东：礼和乐是儒家的重要课程。这里是赞郑玄已掌握了礼乐的精髓，随着他东归，东方就成了讲授礼乐的中心。

④转式：旋转式盘推演吉凶，是一种占卜的方法。式，通"栻"，占卜之具，类似星盘。按：这一则记载马融想追杀郑玄，不一定实有其事。所用方法，亦属迷信。

【译文】

郑玄在马融门下学习，过了三年也没见着马融，只是由马融的高才弟子为他讲授罢了。马融曾用浑天算法演算，但是与实际情况不相符，弟子们也没有谁能理解。有人说郑玄能演算，马融便叫他来，要他演算，郑玄一算就解决了，大家都很惊奇、佩服。等到郑玄学业完成，辞别回家，马融随即慨叹礼和乐的中心都将要转移到东方去了，担心郑玄会独享盛名，心里很忌恨他。郑玄也猜测马融会来追赶，便走到桥底下，在水里垫着木板鞋坐着。马融果然旋转式盘占卜郑玄踪迹，然后告诉身边的人说："郑玄在土下、水上，靠着木头，这表明一定是死了。"便决定不去追赶。郑玄终于因此得免一死。

二

【原文】

郑玄欲注《春秋传》①，尚未成。时行与服子慎②遇，宿客舍。先未相识。服在外车上与人说己注《传》意，玄听之良久，多与己同。玄就车与语曰："吾久欲注，尚未了。听君向言，多与吾同，今当尽以所注与君。"遂为《服氏注》。

【注释】

①《春秋传》：《春秋左氏传》，即《左传》。

②服子慎：服虔，字子慎，任九江太守，作《春秋左氏传解谊》。

【译文】

郑玄想要注释《左传》，还没有完成。在一次外出时，与服子慎相遇，两人住在同一个客店里。起初两人并不认识。服子慎在店外的车子上，和别人谈到自己注《左传》的想法，郑玄听了很久，听出服子慎的见解多数和自己相同。郑玄就走到车前对服子慎说道："我早就想要注《左传》，还没有完成。听了您刚才的谈论，大多和我相同，现在应该把我作的注全部送给您。"终于成了《服氏注》。

三

【原文】

郑玄家奴婢皆读书。尝使一婢，不称旨，将挞之，方自陈说，玄怒，使人曳著泥中。须臾，复有一婢来，问曰："胡为乎泥中[①]？"答曰："薄言往愬，逢彼之怒[②]。"

【注释】

①"胡为"句:引自《诗经·邶风·式微》,大意为:为什么会在泥水中?

②"薄言"二句:引自《诗经·邶风·柏舟》,大意为:我去诉说,反而惹得他发火。薄言,助词,无义。

【译文】

郑玄家中的奴婢都读书。一次郑玄差遣一个婢女做事,事情干得不合心意,郑玄要打她,她刚要分辩,郑玄生气了,叫人把她拉到泥里。一会儿,又有一个婢女走来,问她:"胡为乎泥中?"她回答说:"薄言往愬,逢彼之怒。"

四

【原文】

服虔既善《春秋》①,将为注,欲参考同异。闻崔烈集门生讲传②,遂匿姓名,为烈门人赁③作食。每当至讲时,辄窃听户壁间④。既知不能逾己,稍共诸生叙其短长。烈闻,不测何人,然素闻虔名,意疑之。明蚤往,及未寤,便呼:"子慎!子慎!"虔不觉惊应,遂相与友善。

【注释】

①《春秋》:《春秋》是鲁国一部编年体史书,这里指《春秋左氏传》。

②崔烈：字成考，汉灵帝时官至司徒、太尉，封阳平亭侯。门生：弟子，学生。下文的"门人"意同。
③赁（lìn）：做雇工。
④户壁间：门外。

【译文】

服虔对《左传》很有研究，将要给它做注释，想要参考比较各种意见。听说崔烈召集学生讲授《左传》，便隐姓埋名，作为崔烈的弟子的佣人替他们做饭。每当到讲授的时候，他就躲在门外偷听。等他了解到崔烈超不过自己以后，便渐渐地和那些学生谈论崔烈的得失。崔烈听说后，猜不出是什么人，可是一向听到过服虔的名声，猜想是他。第二天一大早就去拜访他，趁服虔还没睡醒的时候，便突然叫："子慎！子慎！"服虔不觉惊醒答应，从此两人就结为好友。

五

【原文】

钟会撰《四本论》始毕，甚欲使嵇公一见。置怀中，既定①，畏其难②，怀不敢出，于户外遥掷，便回急走。

【注释】

①定：可能指完成。一说是"诣宅"的传写之误。
②难：问难，质疑。

【译文】

钟会把《四本论》刚刚写完,很想让嵇康看一看。他把文章揣在怀里,揣好以后,又怕嵇康质疑问难,就不敢把揣在怀里的文章拿出来当面给他,于是走到门外远远地扔进去,然后转身急急忙忙地跑了。

六

【原文】

何晏①为吏部尚书,有位望,时谈客盈坐。王弼未弱冠②,往见之。晏闻弼名,因条向者胜理语弼曰③:"此理仆以为极,可得复难不?"弼便作难,一坐人便以为屈。于是弼自为客主④数番,皆一坐所不及。

【注释】

①何晏:何晏好玄学,擅长清谈,喜欢谈名理,与王弼、郭象同为唯心主义玄学的代表。

②王弼:字辅嗣,能言善辩,是魏晋玄学的主要开创者,著有《老子注》《周易注》《论语释疑》等书。弱冠:古代男子到二十岁行冠礼,因为还没有达到壮年,称"弱冠"。也泛指男子二十岁左右。

③条:分条列出。向者:以前。理:指玄理,清谈家的道家思想。

④自为客主:自己既做提问的一方,也做答辩的一方;自问自答。

【译文】

何晏任吏部尚书时,当时既有地位又有声望,到他家清谈的宾客常常满座,王弼年龄不到二十岁时,去拜会他。何晏听到过王弼的名声,便分条列出以前那些精妙的玄理来告诉王弼说:"这些道理我认为是谈得最透彻的了,还能再反驳吗?"王弼便提出反驳,满座的人都觉得何晏理屈。于是王弼反复自问自答,所谈玄理都是在座的人赶不上的。

七

【原文】

何平叔注《老子》①始成,诣王辅嗣,见王注精奇②,乃神伏③,曰:"若斯人,可与论天人之际④矣。"因以所注为《道》《德》二论。

【注释】

①《老子》:《老子》一书相传是春秋时代老聃所著,分为道经和德经两篇,后世又称为《道德经》(所以下文有"道德二论"之名)。魏晋玄学注重《老子》和《庄子》等道家学说,用道家思想去解释儒家经典,形成一种哲学思潮。

②精奇:精微独到。

③神伏:神服,倾心佩服。

④天人之际:指天和人的关系。天人关系是中国传统哲学的核心问题。

【译文】

何平叔注释《老子》刚完成,就去拜访王弼,看见王弼的《老子》注释见解精微独到,于是非常佩服,说:"像这个人,可以和他讨论天人关系的问题了。"于是把自己所注的改写成《道论》《德论》两篇。

八

【原文】

王辅嗣弱冠诣裴徽,徽问曰:"夫无者①,诚万物之所资②,圣人③莫肯致言,而老子申之无已,何邪?"弼曰:"圣人体④无,无又不可以训,故言必及有;老、庄未免于有,恒训其所不足。"

【注释】

①夫(fú):助词,表明将要发议论。无:"无"和"有",是道家的两个哲学范畴。《老子》四十章说:"天下万物生于有,有生于无。"无就是道,它没有任何物质的内容和属性,是一种精神性的东西,从无产生出始初的物质,这就是有,然后进一步产生万物。王弼也是主张"凡有皆始于无"的。

②资:凭借。

③圣人:指有最高尚的道德和最高超的智慧的人,这里指孔子。

④体:本体,这里用作动词,即以之为本体。王弼用道家思想解释儒家学说,主张"无"是万物的本体,认为孔子也是以无为本

体的。可是"无"是听不见、看不见、摸不着的东西,是不可认识的神秘的精神性实体,是"不得而知"的,所以不可以训。

【译文】

王弼年轻时去拜访裴徽,裴徽问他道:"所谓'无'是万物生长的根源,可是圣人不肯对它发表意见,老子却反复地陈述它,这是为什么?"王弼说:"圣人认为无是本体,可是无又不能解释清楚,所以言谈间必定涉及有;老子、庄子不能去掉有,所以要经常去解释那个还掌握得不充分的无。"

九

【原文】

傅嘏善言虚胜,荀粲谈尚玄远①,每至共语,有争而不相喻。裴冀州②释二家之义,通彼我之怀,常使两情皆得,彼此俱畅。

【注释】

①虚胜:虚胜指虚无的精微境界。虚即虚无,道家用来指道的本体。玄远:指道的玄妙幽远。这是清谈中各具特征的两个方面。按:原注,傅嘏擅长谈名理,荀粲崇尚玄远,二者宗旨虽然相同,但是有时各自的意图不易相通。

②裴冀州:裴徽,字文季,任冀州刺史。

【译文】

傅嘏擅长谈论玄虚之理的佳妙境界,荀粲的言论清谈崇尚玄远,每当两人到一起谈论的时候,发生争论,却又互不理解。冀州刺史裴徽能够解释清楚两家的道理,沟通彼此的心意,常使双方都感满意,彼此都能通晓。

一〇

【原文】

何晏注《老子》未毕,见王弼自说注《老子》旨,何意多所短,不复得作声,但应诺诺①。遂不复注,因作《道德论》。

【注释】

①诺诺:连声答应,表示同意。这一则同前面第七则所记基本相同,可能是因出处不同而小异。

【译文】

何晏注释《老子》还没完成时,一次听王弼说起自己注释《老子》的要旨,对比之下,何晏的见解有很多不足之处,何晏不敢再开口,只是连声答应"是是"。于是不再注释下去,另写《道德论》。

一一

【原文】

中朝时有怀道之流①,有诣王夷甫咨疑者,值王昨已语多,小极，不复相酬答，乃谓客曰："身今少恶，裴逸民②亦近在此，君可往问。"

【注释】

①中朝：指西晋。怀道之流：指倾慕道家学说的一类人。
②裴逸民：即裴颜，善谈名理。

【译文】

西晋时，有些向往倾慕道家学说的人，其中有一位去拜访王夷甫请教疑难问题，正碰上王夷甫前一天已经谈论了很久，有点疲乏，不想再和客人应对，便对客人说："我现在有点不舒服，裴逸民也在我附近住，您可以去问他。"

一二

【原文】

裴成公①作《崇有论》，时人攻难之，莫能折②。唯王夷甫来，如小屈③。时人即以王理难裴，理还复申④。

【注释】

①裴成公：裴逸民，死后的谥号是成，所以称裴成公。裴逸民抨击了当时的"贵无"思想，反对以我为本体，写出《崇有论》，承认世界的根本是"有"，而不是虚无。《文心雕龙·论说》曾说，裴逸民和王夷甫在"有无"领域内的辩论是首屈一指的。
②折：折服。

③如小屈：才理亏一点。
④申：展开。

【译文】
裴逸民撰写《崇有论》，当时一些人便来驳斥诘责他，可是没有谁能驳倒他。只有王夷甫来和他辩论，他才有点理亏。当时的人就用王夷甫的理论来驳他，可是这时他的理论又显得头头是道了。

一三

【原文】
诸葛厷年少不肯学问①，始与王夷甫谈，便已超诣②。王叹曰："卿天才卓出，若复小加研寻，一无所愧。"厷后看《庄》《老》，更与王语，便足相抗衡③。

【注释】
①诸葛厷（gōng）：字茂远，一作诸葛宏，仕至司空主簿。学问：学习、求教。
②超诣：造诣高深。
③抗衡：对当，不相上下。

【译文】
年轻时的诸葛厷，不肯向他人学习求教，起初与王夷甫谈论时，便已经显示出他的造诣很深。王夷甫感叹地说："你的聪明才智很出众，如果再稍加研讨，就丝毫也不会比当代名流差了。"诸葛厷后来阅读了《庄子》《老子》，再和王夷甫清谈，便完全可以和他旗鼓相当了。

一四

【原文】

卫玠总角①时，问乐令②梦，乐云："是想。"卫曰："形神所不接而梦，岂是想邪？"乐云："因也。未尝梦乘车入鼠穴，捣齑啖铁杵③，皆无想无因故也。"卫思"因"经日④不得，遂成病。乐闻，故命驾⑤为剖析之。卫既小差⑥，乐叹曰："此儿胸中当必无膏肓之疾⑦。"

【注释】

①总角：古代未成年人把头发扎成左右两个髻，借指幼年。
②乐令：乐广。
③捣齑（jī）：把葱、蒜、姜等捣碎腌咸菜。啖（dàn）：给吃。
④经日：《晋书·乐广传》作"经月"，较好。
⑤命驾：吩咐人驾车，即坐车，前往。
⑥差（chài）：病好了。
⑦膏肓（huāng）：古代医学以心尖脂肪为膏，心脏和膈膜之间为肓。古人认为这是药力达不到的地方，病入膏肓就无药可治了。乐广是说，卫玠一有疑难就一定要弄个明白才心安，这就不会积忧成病。

【译文】

童年时的卫玠问尚书令乐广，人为什么会做梦，乐广说：

"梦是因为心有所想才有的。"卫玠说:"身体和精神都不曾接触过的却在梦里出现,这哪里是心有所想呢?"乐广说:"是沿袭做过的事。人们不曾梦见坐车进老鼠洞,或者捣碎姜蒜去喂铁杵,这都是因为没有这些想法,没有这些可模仿的先例。"卫玠便思索沿袭问题,成天思索也得不出答案,终于想得生了病。乐广听说后,特意坐车去给他分析这个问题。卫玠的病有了起色以后,乐广感慨地说:"这孩子心里一定不会留着弄不清的大问题!"

一五

【原文】

庾子嵩①读《庄子》,开卷一尺许②便放去。曰:"了③不异人意。"

【注释】

①庾子嵩:庾敳,字子嵩,自称是老、庄之徒。他未读《庄子》时,以为书里谈的都是最高的真理,读了以后才知道和自己的心意暗合。

②一尺许:一尺左右。古代的书写在帛或纸上,卷起来收藏,所以可以计算长度。

③了:全。

【译文】

庾子嵩诵读《庄子》时,打开书卷才读了一尺多的篇幅就放下了。说道:"和我的想法完全相同。"

一六

【原文】

客问乐令"旨不至①"者,乐亦不复剖析文句,直以麈尾柄确几②曰:"至不?"客曰:"至。"乐因又举麈尾曰:"若至者,那得去?"于是客乃悟服。乐辞约③而旨达,皆此类。

【注释】

①旨不至:这句话出自《庄子·天下》篇,原文为"指不至,至不绝",旨同"指"。对这句话,各有不同的理解,姑且解为:指向一个物体并不能达到它的实质,就算达到了也不能穷尽它。在这一则里,乐广以麈尾敲几一事,是先至然后去,说明所谓至,并没有达到事物的本体。

②确几:敲着小桌子。

③约:简约,简要。

【译文】

有位客人问尚书令乐广"旨不至"这句话是什么意思,乐广并不分析这句话的含义,只是用拂尘柄敲着小桌子说:"达到了没有?"客人回答说:"达到了。"乐广于是又举起拂尘说:"如果达到了,怎么能离开呢?"这时客人才醒悟过来,表示信服。乐广解释问题时言辞简明扼要,可是意思很透彻,都是像上面这个例子一样。

一七

【原文】

初，注《庄子》①者数十家，莫能究其旨要②。向秀于旧注外为解义，妙析奇致，大畅玄风，唯《秋水》《至乐》二篇未竟，而秀卒。秀子幼，义遂零落，然犹有别本。郭象③者，为人薄行，有俊才。见秀义不传于世，遂窃以为己注，乃自注《秋水》《至乐》二篇，又易《马蹄》一篇，其余众篇，或定点④文句而已。后秀义别本出，故今有向、郭二《庄》，其义一也。

【注释】

①《庄子》：《庄子》一书是战国时代的庄周以及他的后学所作。继承并发展了《老子》的思想，是道家学派的重要著作。本则谈的《秋水》《至乐》《马蹄》都是其中的篇名。晋代的向秀、郭象等都曾给《庄子》作注，但现存的只有郭注本。

②旨要：要领，主要用意。

③郭象：字子玄，是西晋时代重要的唯心主义哲学家。

④定点：点定，改正。

【译文】

最初，注释《庄子》的有几十家，可是没有一家能推求出它的要领。向秀推开旧注，另求新解，精妙地分析其奇特的意趣，使《庄子》玄奥的意旨大为畅达，其中只有《秋水》《至乐》两篇的注还没有完成，而向秀去世。向秀的儿子还很小，不能完成父业，于是他的注解便散失零落了，可是还有一个副本流传。郭象这个人，为人品行不好，却是才智出众。他看到向秀所释新义在当时没有流传开，便偷来当作自己的注，于是自己注释了《秋水》《至乐》两篇，又改换了《马蹄》一篇的注，其余各篇的注，有的只是改正一下文句罢了。后来向秀释义的副本被发现了，所以现在有向秀、郭象两本《庄子注》，其中的内容是一样的。

一八

【原文】

阮宣子①有令闻，太尉王夷甫见而问曰："老庄与圣教同异②？"对曰："将无同③。"太尉善④其言，辟之为掾⑤。世谓"三语掾"。卫玠嘲之曰："一言可辟，何假于三！"宣子曰："苟是天下人望，亦可无言而辟，复何假一！"遂相与为友。

【注释】

①阮宣子：阮脩，字宣子，喜欢《老子》《周易》，能谈玄理。按：《晋书·阮瞻传》载，这一则所记之事出于阮瞻和司徒王戎。

②圣教：圣人的教化，儒学。按：这一句是问老庄思想和儒家思想的异同。

③将无同：恐怕没有什么两样吧。将无，恐怕，别是。

④善：认为好。

⑤辟：征召，调用。掾（yuàn）：属官。下文的"三语掾"，即

三个字属官。

【译文】

阮宣子有很高的声誉,太尉王衍见到他时问道:"老子、庄子和儒家学说有什么相同和不同?"阮宣子回答说:"将无同。"太尉很赞赏他的回答,调他来做下属。世人称他为"三语掾"。卫玠嘲讽他说:"只说一个字就可以调用,何必要借助三个字!"宣子说:"如果是天下所仰望的人,也可以不说话就能调用,又何必要借助一个字呢!"于是两人就结为朋友。

一九

【原文】

裴散骑①娶王太尉女。婚后三日,诸婿大会,当时名士,王、裴子弟悉集。郭子玄在坐,挑与裴谈。子玄才甚丰赡②,始数交,未快;郭陈张③甚盛,裴徐理前语,理致④甚微,四坐咨嗟称快。王亦以为奇,谓诸人曰:"君辈勿为尔,将受困寡人⑤女婿。"

【注释】

①裴散骑:裴遐,字叔道,任散骑郎。他善谈名理,且谈吐风雅。余嘉锡《世说新语笺疏》说:"晋、宋人清谈,不惟善言名理,其音响轻重疾徐,皆自有一种风韵。"裴遐就是这样。

②丰赡:富足。这里指才识渊博。

③陈张:铺陈。

④理致：义理情致。
⑤寡人：王侯的谦称。王夷甫居宰辅之重，故自称寡人。

【译文】

散骑郎裴遐娶太尉王衍的女儿。婚后第三天，王家的几位女婿在一起聚会，当时的名士和王、裴两家子弟齐集王家。郭子玄也在座，他领头和裴遐谈玄。子玄才识很渊博，刚交锋几个回合，还觉得不痛快；郭子玄把玄理铺陈得很充分，裴遐却慢条斯理地梳理前面的议论，义理情趣都很精微，满座的大都赞叹不已，表示痛快。王夷甫也以为新奇罕见，于是对大家说："你们不要再辩论了，不然就要被我女婿困住了。"

二〇

【原文】

卫玠始度江，见王大将军①。因夜坐，大将军命谢幼舆②。玠见谢，甚说之，都不复顾王，遂达旦微言③，王永夕不得豫④。玠体素羸，恒为母所禁。尔夕忽极，于此病笃，遂不起。

【注释】

①度：通"渡"。王大将军：王敦，字处仲，善谈名理，历任侍中、大将军、扬州牧。
②命：召，叫来。谢幼舆：谢鲲，字幼舆，在王敦手下任长史，后出任豫章太守，好玄学，擅长音乐。
③微言：精微之言，玄谈。

④永夕：长夜，整夜。豫：通"与"，参加。

【译文】

当时卫玠渡江南下时，去拜见大将军王敦。由于夜坐清谈，王敦便邀来谢幼舆。卫玠看到谢幼舆，非常高兴，再也不理会王敦，两人便一直清谈到第二天早晨，王敦整夜也插不上嘴。卫玠向来体质虚弱，常常被他母亲管束住，不让他多谈论。这一夜突然感到疲乏，从此病情加重，终于去世。

二一

【原文】

旧云，王丞相过江左，止道声无哀乐、养生、言尽意三理而已①。然宛转②关生，无所不入。

【注释】

①声无哀乐：嵇康著有《声无哀乐论》，略谓音声无常，随人的感情而分哀乐，其本身并不具有哀乐的表情意义。按："声无哀乐"中关于"声"的释义，各有不同的理解。养生：嵇康著有《养生论》，论养生之道，要求修身养性，顺应自然，自足于怀，不逆天性。言尽意：晋代欧阳建著有《言尽意论》，反对玄学所主张的"言不尽意"的不可知论，认为语言能表达人们对客观事物及其规律的认识，能交流思想感情。

②宛转：曲折。

【译文】

过去有种说法,丞相王导渡江到了江南以后,只是谈论声无哀乐、养生和言尽意这三方面的道理而已。可是这已间接关系到人的一生,是能渗透到每一个方面的。

二二

【原文】

殷中军为庾公长史①,下都②,王丞相为之集,桓公、王长史、王蓝田、谢镇西并在③。丞相自起解帐带麈尾,语殷曰:"身今日当与君共谈析理。"既共清言,遂达三更。丞相与殷共相往反④,其余诸贤略无所关。既彼我相尽,丞相乃叹曰:"向来语乃竟未知理源所归。至于辞喻不相负,正始之音⑤,正当尔耳。"明旦,桓宣武语人曰:"昨夜听殷、王清言,甚佳。仁祖亦不寂寞,我亦时复造心⑥;顾看两王掾⑦,辄翣如生母狗馨⑧。"

【注释】

①殷中军:殷浩。庾公:庾亮。

②下都:到京都去。按:庾亮曾领江、荆、豫三州刺史,镇守武昌,地处长江上游,殷浩从武昌赴京,所以叫下都。

③桓公:桓温。王长史:王濛。王蓝田:王述,字怀祖,袭蓝田侯。谢镇西:谢尚,字仁祖。

④共相往反:指来回辩难。

⑤正始之音：正始年间谈玄的风尚。也就是糅合儒家经义，高谈老、庄，辨名析理，故作狂放。正始，三国时魏齐王曹芳的年号。其时名士风流，盛于国都，王弼、何晏等人，开始迷醉玄理。
⑥造心：进到心里，指心有所得。
⑦两王掾：指王濛和王述，两人都是王导的属官。
⑧翣（shà）：用羽毛做的扇子。馨（xīn）：一样，这样。按：此句讥二王不懂却装模作样。

【译文】

中军将军殷浩担任庾亮的长史时，有一次，从荆州东下京城，王导为他把大家聚在一起举行集会，桓温、左长史王濛、蓝田侯王述、镇西将军谢尚等都在座。丞相离座亲自去解下挂在帐带上的拂尘，对殷浩说："我今天要和您一起谈论、辨析玄理。"两人一起清谈，直到三更时分。丞相和殷浩来回辩难，其他贤达丝毫也没有牵涉进去。彼此尽情辩论以后，丞相便叹道："一向谈论玄理，竟然还不知道玄理的本源在什么地方。至于旨趣和比喻不能互相违背，正始年间的清谈，正是这样的呀。"第二天早上，桓温告诉别人说："昨夜听殷、王两人清谈，非常美妙。仁祖也不感到寂寞，我也时时心有所得；回头看那两位王姓属官，就活像身上插着漂亮羽毛扇的母狗一样。"

二三

【原文】

殷中军见佛经，云："理亦应阿堵上①。"

【注释】

①阿堵：这。这句指佛经和玄学义理相符。东晋以后，玄学和佛学趋于合流。

【译文】

中军将军殷浩看到佛经，说："玄理也应当包含在这里面。"

二四

【原文】

谢安年少时，请阮光禄①道《白马论》，为论以示谢。于时谢不即解阮语，重相咨尽②。阮乃叹曰："非但能言人不可得，正索解人亦不可得！"

【注释】

①阮光禄：阮裕。阮裕很擅长论证疑难的问题。《白马论》：战国时公孙龙著《白马论》，提出了白马非马这一著名命题，认为"马"这一概念是指形体，"白"这一概念是指颜色，所以白马非马。

②咨尽：询问而求尽晓其义。

【译文】

谢安年轻的时候，请光禄大夫阮裕讲授《白马论》，阮裕写了一篇论说该论的文章给谢安看。当时谢安没有马上理解阮裕的话，就反复请教以求全都理解。阮裕于是赞叹道："不但能够解释明白的人难得，就是寻求透彻了解的人也难得！"

二五

【原文】

褚季野语孙安国云："北人学问，渊综广博。"孙答曰："南人学问，清通简要。"①支道林闻之，曰："圣贤固所忘言②。自中人以还③，北人看书，如显处视月；南人学问，如牖④中窥日。"

【注释】

①北人、南人：一说北人指黄河以北的人，南人指黄河以南的人，因为褚季野原籍在黄河以南，孙安国在黄河以北，两人互相推重。渊综：深厚而且融会贯通。清通：清新通达。这几句是说北方人做学问着重渊博，南方人则着重专精。

②忘言：指默识其意，无须用言语来说明。

③中人：中等人，指具有中等才质的人。以还：以下。

④牖（yǒu）：窗户。按：显处视月，视野开阔，但不易专一；牖中窥日，视野狭窄，但能专一。

【译文】

褚季野对孙安国说："北方人做学问，深厚综合，广阔博大。"孙安国回答说："南方人做学问，清新通达，简明扼要。"支道林听到后说："对圣贤，自然不用说了。从中等才质以下的人来说，北方人读书，像是在敞亮处看月亮；南方人做学问，像是从窗户里看太阳。"

二六

【原文】

刘真长与殷渊源谈，刘理如小屈，殷曰："恶①！卿不欲作将②善云梯③仰攻？"

【注释】

①恶（wū）：何，怎么。
②作将：做。
③云梯：长梯。

【译文】

刘真长和殷渊源谈论玄理，刘真长似乎稍稍处于下风，殷渊源便说："怎么你不想制作一架好云梯来仰攻呢？"

二七

【原文】

殷中军云："康伯未得我牙后慧①。"

【注释】

①康伯：韩康伯，是殷浩的外甥，殷浩很喜欢他。牙后慧：指

言外的义理情趣。殷浩善清谈，这里是说康伯还不善谈玄。

【译文】

中军将军殷浩说："韩康伯还没有领会我言外之意趣。"

二八

【原文】

谢镇西少时，闻殷浩能清言，故往造之。殷未过有所通①，为谢标榜②诸义，作数百语，既有佳致③，兼辞条丰蔚④，甚足以动心骇听⑤。谢注神倾意，不觉流汗交面⑥。殷徐语左右："取手巾与谢郎拭面。"

【注释】

①过：过分。通：陈述，阐发。
②标榜：提示。
③佳致：风致，指谈吐举止风雅。
④辞条：文辞的条目，指辞藻。丰蔚：丰富华美。
⑤骇听：骇人听闻，使人听起来惊讶。
⑥交面：在脸上交织。按：殷浩只比谢尚大三岁，便成名士，且谈玄能把人引入胜境，所以谢尚不觉流汗。

【译文】

镇西将军谢尚年轻时，听说殷浩善于清谈，特地去拜访他。殷浩没有做过多的阐发，只是为谢尚揭示好些道理，说了几百句话，不但谈吐举止有风致，加以辞藻丰富多彩，很能动人心弦，使人震惊。谢尚全神贯注,倾心向往,不觉汗流满面。殷浩从容地吩咐手下人:"拿手巾来给谢郎擦擦脸。"

二九

【原文】

宣武集诸名胜讲《易》①,日说一卦。简文欲听,闻此便还,曰:"义自当有难易,其以一卦为限邪?"

【注释】

①名胜:名流。《易》:即《周易》,大概是殷周时逐渐成书的,包括六十四卦的卦辞和对它的注述。

【译文】

桓温召集许多著名人士讲解《周易》,每天解说一卦。简文帝本来想去听,一听说每天只讲一卦就回来了,说:"卦的内容自然是有难有易,怎么能限定每天讲一卦呢?"

三〇

【原文】

有北来道人好才理,与林公相遇于瓦官寺,讲《小品》①。于时竺法深、孙兴公悉共听。此道人语,屡设疑难,林公辩答清析,辞气俱爽,此道人每辄摧屈。孙问深公:"上人当是逆风家②,向来何以都不言?"深公笑而不答。林公曰:"白旃檀非不馥,焉能逆风③?"深公得此义,夷然不屑④。

【注释】

①才理:才气和文思。《小品》:指佛教经典《小品般若波罗蜜经》。这是略本,称小品;另有详本,是大品。

②"上人"句:上人是佛教用语,称有上德的人,也用来尊称僧人。这一句指深公本不在林公之下,当不会甘拜下风,一定会迎风而上,做逆风家。

③白旃(zhān)檀:白檀香树。这两句是说这种树只能顺风闻香味,意指深公也不是自己的对手。

④夷然:平静地,坦然。不屑:不顾,不理会。

【译文】

有位从北方来的和尚很喜欢谈论玄理,他和支道林在瓦官寺相遇,两人一起研讨《小品》。当时竺法深和尚、孙兴公等人都去听。这位和尚的谈论,屡次都设下疑难问题,支道林的答辩分析透彻,言辞气概都很爽朗,这位和尚总是被驳倒。孙兴公就问竺法深说:"上人应该是顶风上的人士,刚才为什么一句话也不说?"竺法深笑笑,没有回答。支道林接口说:"白檀香并不是不香,但逆风怎能闻到香呢?"竺法深体会到这话的含义,坦然自若,置之不理。

三一

【原文】

孙安国往殷中军许①共论,往反精苦②,客主无间③。左右进食，冷而复暖者数四④。彼我奋掷麈尾，悉脱落，满餐饭中。宾主遂至莫⑤忘食。殷乃语孙曰："卿莫作强口马⑥，我当穿卿鼻！"孙曰："卿不见决鼻牛，人当穿卿颊⑦！"

【注释】

①许：处所。

②精苦：精心竭力。

③无间（jiàn）：没有空隙、漏洞。

④数四：再三，三番四次。

⑤莫：即暮。

⑥强口马：比喻嘴硬，不服输。

⑦"卿不"二句：说明如果不认输，人家就会像穿牛鼻那样穿你的腮，那你就无法挣脱了。决鼻牛，挣破鼻子的牛。按：马不穿鼻，牛才穿鼻，但牛能挣脱鼻绳，孙安国利用殷浩的急不择言，予以反击。

【译文】

　　孙安国到中军将军殷浩住处一起谈论，两人反复辩驳，竭尽全力，主客之间都丝毫没有隔阂。侍候的人端上饭菜也顾不得吃，饭菜凉了又热，热了又凉，这样已经好几遍了。双方奋力甩动着拂尘，以致拂尘的毛全部脱落，饭菜上都落满了。宾主竟然到傍晚也没想起吃饭。殷浩便对孙安国说："你不要做硬嘴马，我就要穿你鼻子了！"孙安国接口说："你没见挣破鼻子的牛吗，当心人家会穿你的腮帮子！"

三二

【原文】

《庄子·逍遥》篇,旧是难处,诸名贤所可钻味,而不能拔理于郭、向之外①。支道林在白马寺中,将冯太常共语②,因及《逍遥》。支卓然标新理于二家之表,立异义于众贤之外,皆是诸名贤寻味之所不得。后遂用支理。

【注释】

①逍遥:《逍遥游》,是《庄子》中的第一篇,论述了万物要无所依靠,才能逍遥自得的思想。可:一本作"共"。拔:突出,超出。郭、向:郭象、向秀,两家都是注释《庄子》的,参见本篇第十七则。

②将:和。冯太常:冯怀,字祖思,任太常(主管祭祀、礼乐)、护军将军。

【译文】

《庄子·逍遥游》一直以来都是难解之篇,众多知名贤士一直钻研玩味,可是对它的义理的阐述却不能超出郭象和向秀。有一次,支道林在白马寺里,和太常冯怀一起谈论,便谈到《逍遥游》。支道林在郭、向两家的见解之外,卓越地揭示出新颖的义理,在众名流之外提出了特异的见解,这都是诸名流探求、玩味中没能得到的。后来解释《逍遥游》便采用支道林阐明的义理。

三三

【原文】

殷中军尝至刘尹所，清言良久，殷理小屈，游辞①不已，刘亦不复答。殷去后，乃云："田舍儿强学人作尔馨语②！"

【注释】

①游辞：不切实际的躲躲闪闪的言辞，浮辞。
②尔馨：这样。这一句是讥笑殷浩强学谈玄。

【译文】

中军将军殷浩曾到丹阳尹刘惔那里清谈了很久，殷浩有点理亏，就不住地用些浮词来应对，刘惔也不再答辩。殷浩走了以后，刘惔就说："乡巴佬，硬要学别人发这样的议论！"

三四

【原文】

殷中军虽思虑通长，然于才性①偏精。忽言及《四本》②，便若汤池铁城③，无可攻之势。

【注释】

①才性：才能和本性，指才、性的含义及其关系。

②《四本》：即《四本论》，涉及才性的异、同、离、合四种关系。

③汤池铁城：流着沸水的护城河、铁造的城墙，比喻非常坚固。

【译文】

中军将军殷浩虽然才思精深广阔，但唯独在对才性关系上的见解尤为精到。他随便地谈到《四本论》，便像汤池铁城，使人找不到可以进攻的机会。

三五

【原文】

支道林造《即色论》，论成，示王中郎，中郎都无言。支曰："默而识之①乎？"王曰："既无文殊②，谁能见赏？"

【注释】

①默而识之：把它默记在心，语出《论语·述而》。识（zhì）：记住。

②文殊：文殊菩萨。《维摩诘经》说，文殊菩萨问维摩诘："何者是菩萨入不二法门？"（不二法门，指直接入道，不可言传的法门。）维摩诘默然无言，文殊叹道："是真入不二法门也。"王坦之意指文殊是从维摩诘的默然无言中领悟其意的，既无文殊，谁能赏识我的默然无言呢？王对支著不置可否，实际是不欣赏。

【译文】

支道林和尚撰写《即色论》，完成后，拿给北中郎将王坦之看，王坦之一句话都不说。支道林说："你是默记在心吧？"王坦之说："既然没有文殊菩萨在这里，谁能赏识我的用意呢？"

三六

【原文】

王逸少①作会稽，初至，支道林在焉。孙兴公谓王曰："支道林拔新领异②，胸怀所及乃自佳，卿欲见不？"王本自有一往隽气③，殊自轻之。后孙与支共载往王许，王都领域④，不与交言。须臾支退。后正值王当行，车已在门，支语王曰："君未可去，贫道与君小语。"因论《庄子·逍遥游》。支作数千言，才藻新奇，花烂映发。王遂披襟解带⑤，留连不能已。

【注释】

①王逸少：王羲之，字逸少。参见《言语》第六十二则注①。
②拔新领异：标新立异。拔，提出。领，领会。
③往隽气：指一向有超人的气质。隽，通"俊"。
④领域：指心存界限。
⑤披襟解带：即宽衣解带，指脱下礼服。

【译文】

王逸少出任会稽内史，刚到任上，支道林正在那里。孙兴公对王逸少说："支道林的见解新颖，对问题有独到的体会，心里所考虑的实在美妙，你想见见他吗？"王逸少本来就有超人的气质，很轻视支道林。后来孙兴公和支道林一起坐车到王逸少那里，王总是着意矜持，不和他交谈。不一会儿支道林就告退了。后来有一次正碰上王逸少要外出，车子已经在门外等着，支道林对王逸少说："您还不能走，我想和您稍微谈论一下。"于是就谈论到《庄子·逍遥游》。支道林一谈起来，洋洋数千言，才气不凡，辞藻新奇，像繁花灿烂，交映生辉。王逸少终于脱下外衣不再出门，并且留恋不止。

三七

【原文】

三乘佛家滞义，支道林分判，使三乘炳然①。诸人在下坐听，皆云可通。支下坐②，自共说，正当得两，入三便乱。今义弟子虽传，犹不尽得。

【注释】

①三乘：佛教用语。佛教宣称人有深浅不同的三种得道解脱的修行途径，好比所乘坐的三种车，即三乘，就是声闻乘（小乘）、缘觉乘（中乘）、菩萨乘（大乘），都能使众生各成正果。滞义：不易解释的内容。炳然：形容显明。

②下坐：下座。座位分尊卑，尊贵的是上座，卑下的是下座。

【译文】

三乘是佛教教义中很难懂的部分，支道林登座分析辨别，使得三乘的教义内容显豁。大家在下座听讲，都说能够理解。支道林离开讲坛后，大家互相说解，又只能解通两乘，进入三乘便混乱了。现在的三乘教义，弟子们虽然传习，仍然不能全部理解。

三八

【原文】

许掾①年少时，人以比王苟子②，许大不平。时诸人士及支法师③并在会稽西寺讲，王亦在焉。许意甚忿，便往西寺与王论理，共决优劣。苦相折挫，王遂大屈。许复执王理，王执许理，更相覆疏，王复屈。许谓支法师曰："弟子④向语何似？"支从容曰："君语佳则佳矣，何至相苦邪？岂是求理中⑤之谈哉？"

【注释】

①许掾：许询，曾被召为司徒掾。
②比：并列。王苟子：王脩，字敬仁，小名苟子。
③支法师：指支道林。法师是对和尚的尊称。
④弟子：佛教或道教信徒对教徒谈话时的自称。
⑤理中：得理之中，即正理。

【译文】

年轻时的许询，人们都拿他与王苟子并列，许询大为不满。当时很多名士和支道林法师一起在会稽的西寺清谈，王苟子也在那里。许询心里很不平，便到西寺去和王苟子辩论玄理，要一决胜负。许询极力要挫败对方，结果王苟子被彻底驳倒。接着许询又反过来用王苟子的义理，王苟子用许询的义理，再度互相反复陈说，王苟子又被驳倒。许询就问支法师说："弟子刚才的谈论怎么样？"支道林从容地回答："你的谈论好是好，但是何至于要互相困辱呢？这哪里是探求真理的谈法？"

三九

【原文】

林道人诣谢公①。东阳②时始总角，新病起，体未堪劳，与林公讲论，遂至相苦。母王夫人在壁后听之，再遣信③令还，而太傅留之。王夫人因自出，云："新妇少遭家难④，一生所寄，唯在此儿。"因流涕抱儿以归。谢公语同坐曰："家嫂辞情慷慨，致⑤可传述，恨不使朝士见！"

【注释】

①林道人：即支道林，下文又称"林公"。谢公：谢安，下文又称"太傅"。
②东阳：谢朗，官至东阳郡太守，是谢安的侄儿。
③信：送信的人，这里指传话的人。
④新妇：妇女谦称。家难：家里的不幸遭遇，这里指丈夫死了。
⑤致：同"至"，最。

【译文】

支道林和尚去拜访谢安。当时东阳太守谢朗还年幼，病刚好，身体还经不起劳累，他与支道林一起研讨、辩论玄理，终于弄到互相困辱的地步。他母亲王夫人在隔壁房中听见这样，就一再派人叫他进去，可是太傅谢安把他留住。王夫人便只好亲自出来，说："我早年寡居，一辈子的寄托，只在这孩子身上。"于是流着泪把儿子抱回去了。谢安告诉同座的人说："家嫂言辞情意都很激愤，很值得传诵，可惜没能让朝官听见！"

四〇

【原文】

支道林、许掾诸人共在会稽王斋头，支为法师，许为都讲①。支通一义，四坐莫不厌心②；许送一难，众人莫不抃舞③。但共嗟咏二家之美，不辩其理之所在。

【注释】

①会稽王：指晋简文帝司马昱，参《德行》第三十七则注①。斋头：书房。法师：指精通佛法可为老师的，主持受戒、解经的都是法师。都讲：都讲是主持讲学的人，凡和尚开讲佛经，是三人唱经，一人讲解，主讲者为法师，唱经者为都讲，讲授四书五经等也如此，负责宣读的也可叫都讲。

②厌心：满足，满意。

③抃（biàn）舞：鼓掌跳跃，比喻非常高兴。

【译文】

支道林和司徒掾许询等人一起在会稽王的书房里讲解佛经，支道林为主讲法师，许询为都讲。支道林每阐明一个义理，满座的人没有不满意的；许询每提出一个疑难，大家也无不高兴得手舞足蹈。大家只是一齐赞扬两家辞采的精妙，并不去辨别两家义理表现在什么地方。

四一

【原文】

谢车骑在安西艰中①,林道人往就语,将夕乃退。有人道上见者,问云:"公何处来?"答云:"今日与谢孝②剧谈一出来③。"

【注释】

①谢车骑:谢玄,是谢奕的儿子。安西:谢奕,曾任安西司马、安西将军、豫州刺史,死后赠镇西将军。艰:父丧。
②谢孝:谢玄在服丧期间的代称,等于称谢孝子。
③一出:一番,一次。来:语气词。

【译文】

车骑将军谢玄还在守丧期间,支道林和尚就去他家和他清谈,将近傍晚才告辞。有人在路上遇见支道林,问道:"林公从哪里来呀?"支道林回答说:"今天和谢孝子畅谈了一番呢。"

四二

【原文】

支道林初从东出①,住东安寺中。王长史宿构②精理,并撰其才藻,往与支语,不大当对③。王叙致④作数百语,自谓是名理奇藻。支徐徐谓曰:"身与君别多年,君义言了不长进。"王大惭而退。

【注释】

①从东出:支道林原居会稽,在京都建康东部,晋哀帝派人把他接到建康,所以说"从东出"。但这时王濛已死,这一则所记可能是传闻之误。

②宿构:事先构思。

③当对:相当,相称。

④叙致:陈述道理。

【译文】

支道林刚从会稽来到建康时,住在京城东安寺中。左长史王濛预先想好精微的玄理,并且选好了富有才思的言辞,去和支道林清谈,可是和支道林的谈论不大相称。王濛作长篇论述,自以为讲的是至理名言,用的是奇丽辞藻。支道林听后,慢吞吞地对他说:"我和您分别多年,看来您在义理、言辞两方面全都没有长进。"王濛非常惭愧地告辞走了。

四三

【原文】

殷中军读《小品》,下二百签①,皆是精微,世之幽滞②。尝欲与支道林辩之③,竟不得。今《小品》犹存。

【注释】

①签:签注。读书有疑难处,夹上字条做标记。

②幽滞:深奥难解。

③"尝欲"句:据《语林》载,殷浩因为对佛经有所不解,派人去请支道林。王羲之却以为,殷浩不了解的,支道林也未必能讲通,如果讲错了,更是影响名声,所以劝支道林不要去。支道林同意王的话,没有去见殷浩。

【译文】

中军将军殷浩读佛经《小品》,很多地方有疑难,在书中夹了二百张书签做标记,都是精深奥妙的地方,是当时隐晦难明的。殷浩曾经想和支道林辩明这些问题,终究不能如愿。现在他标记过的《小品》还在。

四四

【原文】

佛经以为祛练神明①,则圣人②可致。简文云:"不知便可登峰造极不?然陶练之功③,尚不可诬。"

【注释】

①祛练:佛教用语,指摆脱烦恼、修炼智慧。神明:精神,智慧。

②圣人:佛家指德智慈悲的人,即佛。按:佛经上说:"一切众

生皆有佛性，但能修智慧，断烦恼，万行具足，便成佛也。"

③陶练：陶冶锻炼，指道家的炼丹。功：功效。

【译文】

佛经认为消除烦恼、修炼智慧，就可以成佛了。简文帝说："不知道是否立刻就可以达到最高的境界？然而，道家陶冶锻炼的功效，还是不可以抹杀的。"

四五

【原文】

于法开始与支公争名，后情①渐归支，意甚不分②。遂遁迹剡下③。遣弟子出都，语使过会稽，于时支公正讲《小品》。开戒弟子："道林讲，比汝至，当在某品中。"因示语攻难数十番，云："旧此中不可复通。"弟子如言诣支公，正值讲，因谨述开意，往反多时，林公遂屈，厉声曰："君何足复受人寄载来！"

【注释】

①情：这里指"群情"。
②不分（fèn）：一本作"不忿"。不平，不服气。
③剡（shàn）下：剡县，属会稽郡。按：支道林住在会稽郡的首府山阴县，剡县在山阴县东南。

【译文】

于法开和尚当初与支道林争名，后来大家的心意逐渐都归向支道林,他心里非常不服气,便离开会稽到剡县隐居起来。有一次,于法开派弟子到京都去,吩咐弟子经过会稽山阴县,那时支道林正在那里宣讲佛经《小品》。于法开提醒他的弟子说:"道林开讲《小品》,等你到达时,就该讲某品了。"于是给弟子示范,告诉他来回数十次的攻诘辩难,并且说:"过去这里面的问题不可能比我讲得更明白了。"弟子照他的嘱咐去拜访支道林,正好碰上支道林宣讲,便小心地陈述于法开的见解,两人来回辩论了很久,支道林终于辩输了,于是厉声说:"您何苦又给人托运呢!"

四六

【原文】

殷中军问:"自然无心于禀受①,何以正善人少,恶人多?"诸人莫有言者。刘尹答曰:"譬如写水著地②,正自纵横流漫,略无正方圆者。"一时绝叹,以为名通③。

【注释】

①禀受:指人所承受于自然的天性。
②写:"泻"的古字,倾泻、流漫、流淌。这一句是说一切都是任其自然。
③名通:名言通论,指精妙通达的解释。

【译文】

中军将军殷浩问道:"原本大自然无心授予人类某种品性,

为什么世上恰恰善人少、恶人多呢?"在座的人没有谁回答得了。只有丹阳尹刘惔回答说:"这好比把水倾泻到地上,水只是四处流淌,绝没有恰好流成方形或圆形的。"当时大家非常赞赏,认为是名言通论。

四七

【原文】

康僧渊①初过江,未有知者,恒周旋市肆②,乞索以自营③。忽往殷渊源许,值盛有宾客,殷使坐,粗与寒温,遂及义理④。语言辞旨⑤,曾⑥无愧色;领略⑦粗举,一往参诣⑧。由是知之。

【注释】

①康僧渊:西域僧人。曾和殷浩谈及佛经义理,辨别俗书性情之义。
②市肆:市中商店,市场。
③自营:自己谋生活。
④义理:探究经义和名理的学问。
⑤辞旨:言辞的意趣。
⑥曾:竟,简直。表示加强语气。
⑦领略:领会。
⑧一往参诣:指一向深入钻研。

【译文】

康僧渊刚到江南的时候,没有什么人知道他,经常在街市商场上徘徊，靠乞讨自谋营生。一次，他突然到殷渊源家去，正碰上有很多宾客在座，殷渊源让他坐下，和他稍为寒暄了几句，便谈及义理。康僧渊的言谈意趣，竟然毫无愧色；不管是有深刻领会的，还是粗略提出的义理，都是他一向深入钻研过的。正是由于这次清谈，大家才了解了他。

四八

【原文】

殷、谢诸人共集。谢因问殷："眼往属①万形，万形来入眼不？"

【注释】

①属：通"瞩"，看。按：谢安意指能否不看而知。这一则原注："谢有问，殷无答，疑阙文。"

【译文】

殷浩、谢安诸人在一起聚会。谢安便问殷浩："人们用眼睛去看一切物象，一切物象是否就会进入眼睛呢？"

四九

【原文】

人有问殷中军："何以将得位①而梦棺器，将得财而梦矢②

秽?"殷曰:"官本是臭腐,所以将得而梦棺尸;财本是粪土,所以将得而梦秽污。"时人以为名通。

【注释】

①位:官位,爵位。

②矢:通"屎"。迷信的说法,做梦和现实正相反,故有此问。

【译文】

有人问中军将军殷浩:"为什么将要得到官职就会梦见棺材,将要得到钱财就梦见粪便等秽物?"殷浩回答说:"官爵本来就是腐臭的东西,因此将要得到它时就梦见棺材尸体;钱财本来就是粪土,因此将要得到它时就梦见肮脏的东西。"当时的人认为这是名言通论。

五〇

【原文】

殷中军被废东阳①,始看佛经。初视《维摩诘》,疑般若波罗密②太多;后见《小品》,恨此语少。

【注释】

①"殷中军"句:晋穆帝永和九年(公元353年),殷浩以中军将军率师北伐,遇姚襄起兵反,殷浩败回。次年,桓温废殷浩为庶人,殷浩便迁往东阳郡信安县。

②般若波罗密:指菩萨修行之一法。"波罗密"是佛教所谓"到

彼岸"（指所幻想的超脱生死的境界）。佛经说："到者有六焉：一曰檀，檀者，施也（布施）……六曰般若，般若者，智慧也，然则五者为舟，般若为导。导则俱绝有相之流，升无相之彼岸也。故曰波罗密也。"智慧，指如实了解一切事物。

【译文】

中军将军殷浩被削职后，居住在东阳，这才开始看佛经。初看《维摩诘经》，怀疑"般若波罗密"这句话太多了；后来看《小品》，已经了解了这句话的意旨，又遗憾这样的话太少了。

五一

【原文】

支道林、殷渊源俱在相王①许，相王谓二人："可试一交言。而才性殆是渊源崤函②之固。君其慎焉！"支初作，改辙③远之，数四交，不觉入其玄中。相王抚肩笑曰："此自是其胜场④，安可争锋！"

【注释】

①相王：指晋简文帝。他未登帝位时，以会稽王身份任丞相，所以称相王。

②崤（xiáo）、函：崤山和函谷关，大概指今陕西潼关以东至河南新安县境一带，是秦国的险要关塞。这里以崤、函之固形容殷渊源善谈才性，无懈可击，难以攻入。

③改辙：改道，比喻改变方向、话题。
④胜场：稳操胜算的处所，杰出之处。

【译文】

支道林、殷渊源都在相王府中，相王对他俩说道："你们可以试着辩论一下玄理。而有关才性关系的问题恐怕是渊源的坚固堡垒。您（支道林）可要谨慎啊！"支道林开始论述问题时，便改变方向，远远避开才性问题，可是论辩了几个回合，便不觉进入了渊源的玄理之中。相王拍着他的肩膀笑道："这本来是他的特长，你怎么可以和他争胜呢！"

五二

【原文】

谢公因子弟集聚，问："《毛诗》①何句最佳？"遏②称曰："昔我往矣，杨柳依依；今我来思，雨雪霏霏③。"公曰："訏谟定命，远猷辰告④。"谓此句偏有雅人深致⑤。

【注释】

①《毛诗》：即《诗经》，是周代的一部诗歌总集，现在流传下来的是由毛亨作传的，又称毛诗。

②遏：是谢玄的小名，谢玄是谢安的侄儿。

③"昔我"四句：出自《诗经·小雅·采薇》，大意是：想起我离家出征的时光，杨柳轻轻摆荡；如今我回到家乡啊，雪花漫天飘扬。雨（yù）雪，下雪。按：谢玄是从艺术性方面称赞这两句的。

④"訏（xù）谟"二句：出自《诗经·大雅·抑》，大意是：国家大计一定要号召，重大方针政策就及时宣告。按：谢安是从政治角度肯定这一句的。

⑤雅人：高尚文雅的人。深致：深远的意趣。

【译文】

谢安趁子弟们聚会在一起的时候，问："《诗经》里面哪一句最好？"谢玄称赞说："最好的是'昔我往矣，杨柳依依；今我来思，雨雪霏霏'。"谢安说："应该是'訏谟定命，远猷辰告'最好。"他认为这两句特别有高雅之士的深远意趣。

五三

【原文】

张凭举孝廉，出都，负其才气，谓必参时彦①。欲诣刘尹，乡里及同举者共笑之。张遂诣刘。刘洗濯料事，处之下坐，唯通寒暑，神意不接。张欲自发无端。顷之，长史诸贤来清言，客主有不通处，张乃遥于末坐判之，言约旨远，足畅彼我之怀，一坐皆惊。真长延之上坐，清言弥日，因留宿，至晓。张退，刘曰："卿且去，正当取卿共诣抚军②。"张还船，同侣问何处宿，张笑而不答。须臾，真长遣传教③觅张孝廉船，同侣惋愕。即同载诣抚军，至门，刘前进谓抚军曰："下官今日为公得一太常博士④妙选。"既前，抚军与之话言，咨嗟称善，曰："张凭勃窣为理窟⑤。"即用为太常博士。

【注释】

①孝廉：指很孝顺父母、品行端正的人。汉武帝时令郡国每年考察并推荐孝、廉各一人，魏晋沿用此制。时彦：当代有才德名望的人士。

②抚军：指简文帝司马昱。晋穆帝永和元年（公元345年），以会稽王司马昱为抚军大将军，故称抚军。

③传教：主管宣布教令的郡吏。

④太常博士：官名，是礼官，专管仪礼的。

⑤勃窣（sū）：形容才华迸发而出。理窟：义理聚集之处。

【译文】

张凭被举荐为孝廉后，到京都去，他凭借着自己有才气，认为必定能置身于名流之列。想去拜访丹阳尹刘真长。他的同乡和一同察举的人都笑话他。张凭终于去拜访刘真长，这时刘真长正在洗濯和处理一些事务，就把他安排到下座，只是和他寒暄一下，神态心意都没有注意他。张凭想自己开个头谈谈，又找不到个话题。不久，长史王濛等名流来清谈，主客间有不能沟通的地方，张凭便远远地在末座上给他们分析评判，言辞精练而内容深刻，能够把彼此心意表述明白，满座的人都很惊奇。刘真长就请他坐到上座，和他清谈了一整天，于是留他住了一夜。第二天，张凭告辞时，刘真长说："你暂时回去，我将邀你一起去谒见抚军。"张凭回到船上，同伴问他在哪里过夜，张凭笑笑，没有回答。不一会儿，刘真长派郡吏来找张孝廉坐的船，同伴们很惊愕。刘真长当即和他一起坐车去谒见抚军，到了大门口，刘真长先进去对抚军说："下官今天给您找到一个太常博士的最佳人选。"张凭进见后，抚军和他谈话，不住赞叹，连声说好，并说："张凭才华横溢，是义理聚集之地。"于是就任用他做太常博士。

五四

【原文】
汰法师云:"六通、三明同归①,正异名耳。"

【注释】
①六通:佛教用语,认为有六种通:天眼通、天耳通、身通、他心通、宿命通、漏尽通(漏:烦恼)。前五通,一般人可能修炼到;最后一通,即割断一切烦恼,自在无碍,这只有圣者能做到。三明:指心得到解脱,能知过去、现在、未来三世。明,指显豁、分明。宿命明,知过去之生命相;天眼明,知未来之生命相;漏尽明,知现在之苦相,能割断一切烦恼。所以六通、三明,殊名同归。

【译文】
汰法师说:"'六通'和'三明'同一归向,只是名称不同罢了。"

五五

【原文】
支道林、许、谢盛德共集王家。谢顾谓诸人:"今日可谓彦会。时既不可留,此集固亦难常,当共言咏,以写其怀。"

许便问主人:"有《庄子》不?"正得《渔父》一篇。谢看题,便各使四坐通。支道林先通,作七百许语,叙致精丽,才藻奇拔,众咸称善。于是四坐各言怀毕,谢问曰:"卿等尽不?"皆曰:"今日之言,少不自竭。"谢后粗难,因自叙其意,作万余语,才峰秀逸①,既自难干②,加意气拟托③,萧然④自得,四坐莫不厌心。支谓谢曰:"君一往奔诣⑤,故复自佳耳。"

【注释】

①才峰:比喻才能突出。秀逸:特异超俗。

②干:触犯,这里指赶上。

③拟托:比拟寄托。

④萧然:潇洒。

⑤一往奔诣:一向抓紧钻研。

【译文】

支道林、许询、谢安诸位都是品德高尚人士,他们一起到王濛家聚会。谢安环顾四座对大家说:"今天可以说是贤士雅会。时光既不可挽留,这样的聚会当然也难常有,我们应该一起谈论吟咏,来抒发我们的情怀。"许询便问主人有没有《庄子》这部书,主人只找到《渔父》一篇。谢安看了题目,便叫大家一个个讲解其义理。支道林先讲解,说了七百来句后,说解义理精妙优美,才情辞藻新奇拔俗,大家全都赞好。于是在座的人各自谈了自己的体会,这时谢安问道:"你们说完了没有?"都说:"今天的谈论,很少有保留,没有不尽意的了。"谢安然后大致提出一些疑问,便畅谈自己的意见,洋洋万余言,才思敏锐高妙,特异超俗,这已经是难以企及了,加上情意有所比拟、寄托,潇洒自如,满座的人无不心悦诚服。支道林对谢安说:"您一向抓紧钻研,自然很优异呀。"

五六

【原文】

殷中军、孙安国、王、谢能言诸贤,悉在会稽王许,殷与孙共论《易象妙于见形》①,孙语道②合,意气干云③。一坐咸不安孙理,而辞不能屈。会稽王慨然叹曰:"使真长来,故应有以制彼。"即迎真长,孙意已不如。真长既至,先令孙自叙本理。孙粗说己语,亦觉殊不及向。刘便作二百许语,辞难简切,孙理遂屈。一坐同时抚掌而笑,称美良久。

【注释】

① "殷与孙"句:据《晋书·刘惔传》载,孙安国(名盛,字安国)作《易象妙于见形论》。会稽王司马昱使殷浩难之,不能屈。

② 道:道家思想体系的核心,道家认为这是产生物质世界的总根源。

③ 干云:冲上云霄。

【译文】

中军将军殷浩、孙安国、王濛、谢尚等擅长清谈的名士,都在会稽王司马昱处聚会,殷浩和孙安国一起辩论《易象妙于见形论》一文,孙安国把它和道家思想结合起来谈论时,显得意气高昂。满座的人都觉得孙安国的道理不妥,可是又不能驳倒他。会稽王很有感慨地叹息道:"如果刘真长来了,自然会有办法制服他。"随即派人去接刘真长,这时孙安国料到自己会辩不过。刘真长来后,先叫孙安国谈谈自己原先的道理。孙安国大致复述一下自己的言论,也觉得很不如刚才所讲的。刘真长便发表了二百来句话,论述和质疑都很简明、贴切,孙安国的道理便被驳倒了。满座的人同时拍手欢笑,赞美不已。

五七

【原文】

僧意在瓦官寺中,王苟子来,与共语,便使其唱理①。意谓王曰:"圣人有情不?"王曰:"无。"重问曰:"圣人如柱邪?"王曰:"如筹算②,虽无情,运之者有情。"僧意云:"谁运圣人邪?"苟子不得答而去。

【注释】

① 唱理:领头提出义理。
① 筹算:筹码,计算的用具。

【译文】

僧意住在瓦官寺中,王苟子到来,与他一起谈玄理,就请他率先发表玄理。僧意对王苟子说:"佛有感情没有?"王说:"没有。"僧意又问道:"那么佛像柱子一样吗?"王说:"像筹码,虽然没有感情,可是使用它的人有感情。"僧意又问:"谁来使用佛呢?"王苟子回答不了就走了。

五八

【原文】

司马太傅①问谢车骑:"惠子其书五车②,何以无一言入玄?"谢曰:"故当是其妙处不传。"

【注释】

①司马太傅:司马道子。参见《言语》第九十八则注①。
②"惠子"句:《庄子·天下》说,惠施所著的书可以装满五车(极言著书之多),可是讲的道理很杂乱,言辞也不当。

【译文】

太傅司马道子问车骑将军谢玄:"惠子所著的书有五车之多,为什么没有一个字涉及玄理?"谢玄回答说:"或许是因为玄言的精微处难以言传。"

五九

【原文】

殷中军被废,徙①东阳,大读佛经,皆精解,唯至事数②处不解。遇见一道人,问所签,便释然③。

【注释】

①徙:迁移。

②事数：佛教用语，指一切事物的名相（耳可闻者为名，眼可见者为相），即佛经中的五阴、十二入、四谛、十二因缘、五根、五力之类，是讲佛教的某些内容、教义的。
③释然：形容疑难排除后心里安宁。

【译文】
中军将军殷浩被罢官废为庶人后，迁居东阳，大量阅读佛经，都能精通其义理，只有读到"事数"处理解不了，便用字条标上。后来碰见一个和尚，就把标出的问题拿来请教，便都解决了。

六〇

【原文】
殷仲堪精核玄论①，人谓莫不研究。殷乃叹曰："使我解'四本'，谈不翅②尔。"

【注释】
①玄论：指道家学说。
②不翅：同"不啻"，不只。

【译文】
殷仲堪精心地考究了道家的玄学理论，人们认为他没有什么不研究的。殷仲堪却叹息说："如果我能解说《四本论》，言谈就不只是现在这样了。"